바로 잡습니다

이시환의 중국여행기 속편인「馬踏飛燕」에 중대한 실수가 하나 있음을 고백합니다.

책의 제목이자 본문 속 내용 가운데 극히 일부인「馬踏飛燕」은, 우리말로는 '마답비연'으로 발음되고, 중국어로는 '마타비앤'으로 발음됩니다.

그런데 저의 어처구니없는 실수로 '馬跳飛燕마도비연'으로 잘못 표기되었습니다.

그 의미야 '나는 제비를 밟고 달리는 말'이라는 뜻으로 큰 차이는 없으나 '馬踏飛燕마답비연'은 고대 중국사회에서 널리 사용되어 사자성어처럼 굳어진 단어라 할 수 있습니다.

이에 '跳도'를 '踏답'으로 바로 잡으며, 저의 책을 읽는 여러분께 혼란스러움을 끼쳐 드리게 되어 대단히 송구스럽게 생각합니다. 재판을 인쇄 시에는 꼭 바로잡도록 하겠습니다.

이유가 어디에 있든, 저의 실수에 대해서 거듭 죄송하다는 양해말씀을 드리며, 독자 여러분의 건승을 기원합니다.

2016. 03. 08.

이 시 환 (『여행도 수행이다』의 저자)

『여행도 수행이다』에 이어 펴낸

이시환의 중국 여행기 속편

馬跳飛燕

마도비연

신세림출판사

馬跳飛燕

마도비연

머리말

『馬跳飛燕(마도바연)』(2016)은, 나의 중국 여행기 속편이다. 지난해에 『여행도 修行(수행)이다』를 펴냈었지만 그 후에도 여행 중에 보고 듣고 느꼈던 직간접의 경험들에 대해서 다시금 되새기면서 문화사적인 사실과 주관적 심미안을 동원하여 계속 글을 썼던 결과물이라 할 수 있다. 그런 탓인지 앞서 나온 책보다는 조금 더 깊이 들어간 느낌이 없지 않다.

글의 내용과 성격으로 보면, 여행의 길잡이 노릇을 위한 교통이나 숙박 경점(景点:관광지) 등에 관한 최신 정보를 제공하는 여행안내서는 결코 아니다. 중국의 이곳저곳을 여행하면서 오래 기억되고 문화사적인 의미에 대해 깊이 새기어 볼 만한 자연 경점이나 인물이나 유적이나 기타 음식 이야기 등을 하였으되 어디까지나 객관적인 정보 바탕 위에 개인적인 소견이 녹아들어 있을 뿐이다.

따라서 이 책을 읽는 분들은, 객관적 정보라고 하는 잡곡밥 위에 개인적인 안목과 소견이라는 야채와 양념이 어우러진 비빔밥을 드시게 되는 셈인데, 한 번 맛보기 바란다. 여러분의 지적 욕구를 어느 정도는 충족시켜 주리라 보며, 동시에 필자 개인의 정서와 정신세계의 밑바닥을 엿볼 수도 있으리라 본다.

필자는 시와 문학평론 활동을 해온 사람일 뿐 여행기를 전문으로, 혹은 상업적으로 쓰는 사람은 아니다. 그것은 이미 펴낸 3종의 여행기가 말해주리라 믿는다. 곧, 인도 티베트 중심의 여행기인 『시간의 수레를 타고』(2008)와, 지중해 연안국을 중심으로 한 『산책』(2010), 그리고 47일 동안의 중국 여행기였던 『여행도 修行이다』(2014) 등이 그것이다. 이들 모두가 인기리에 서점에서 다 팔려나간 것은 아니지만 문장을 짓는 사람으로서, 그리고 인간 존재의 본질과 인간 삶의 진실을 추구하는 사람으로서 나름대로 여행과 삶의 의미를 함께 생각해 볼 수 있는 기회를 제공해 주리라 믿으면서 이 글들을 썼었다. 이는 나의 위 여행기들을 심독하고 쓴 독자들의 적지 아니한 서평(書評) 내지는 독후감 등이 잘 말해 주고 있다.

여행기로서 네 번째로 펴내게 되는 나의 이 『馬跳飛燕(마도비연)』이 여러분들의 입맛을 좀 돋우어 주었으면 하는 바람이다. 관심 있는 분들의 일독을 기대한다. 그리고 혹, 나와 전혀 다른, 세상 보는 눈을 가진 이가 있다면 내게도 그 눈에 비친 세상을 한 번 보여주기 바란다.

2016년 1월 '새로운' 여행을 꿈꾸며

이시환 씀

차례 | 馬跳飛燕마도비연 / 이시환의 중국 여행기 속편

제2부

제3부

제4부

제5부

제6부

1부

1.

밀어내지 못하는 내 마음속의 불탑(佛塔) 하나

오늘날 불탑(佛塔)이라 함은, 부처님의 유회(遺灰)나 경전(經典)이나 불교 신앙과 관련하여 특별한 물품 등을 오래오래 보관하면서 널리 기념하기 위한 건축물을 일컫는다. 그 건축물의 구조나 주재료 등에 따라서 여러 가지 이름으로 분류될 수 있겠으나 그보다는 신앙 행위의 상징적인 도구(道具)와 장(場)으로서 활용되는 현실적인 구실을 해오고 있다는 점이 무엇보다 중요하다 하겠다. 특히, 불탑 앞에서 무릎을 꿇고 앉아 두 손을 모우고 기도(祈禱)하거나, 엎드려 경배(敬拜)드리거나, 주변을 돌면서 염원(念願)하면 소원이 이루어진다고 믿는, 복(福)을 구하는 신앙 행위가 여전히 이루어지는 곳이다. 그래서 부처님의 진신사리가 모셔져 있는 불탑이라고 특별히 선전 홍보하는 사원이 적지 않으며, 그밖에 나름대로 이런저런 의미를 불탑에 부여

대자은사 대안탑 야경

하려고 애를 쓰는 모양새를 우리는 어렵지 않게 국내외에서 확인할 수 있다.

경전을 보관하기 위한 불탑으로는 대자은사(大慈恩寺) 대안탑(大雁塔)을 들지 않을 수 없다. 이는 세계 4대 고도(古都) 가운데 한 곳인 중국 시안[西安]의 상징물이기도 하지만 오늘날 중국 전국중점문물보호단위(全国重点文物保护单位)이며, 국가AAAAA급 여유경구(旅游景区)이고, 동시에 세계문화유산이기도 하다. 이 탑은, 당 고종 때(652년)에 현장법사가 가져온 경전과 불상 등을 보관하기 위해서 64.5미터 높이로 7층 사방누각(四方楼阁) 식 전탑(砖塔)으로 건설되었었다. 이 탑의 구조 · 규모 · 성격 · 재질 · 기능면에서는 우리의 불탑과 현저히 다르다. 지금도 불탑 안으로 들어가 볼 수 있는데 그러려면 대자은사 입장권[50위안]을 먼저 끊어서 사원 안으로 들어가야 하며, 그와 별도로 불탑입장권[30위안]을 안에서 추가로 끊어야 한다.

대자은사 대안탑

부처님의 진신 사리를 모셨다고 홍보하면서 기도 경배 탑돌이 등을 많이 하는 불탑으로는 낙양(洛陽) 백마사(白馬寺) 제운탑(齊云塔)을 들지 않을 수 없다. 이 제운탑은, 동한(東漢) 영평(永平) 때(69년)에 목탑으로 건설되었으나 후에 번개로 불에 타 훼손되었으며, 금(金) 대정(大定) 15년인 서기 1175년에 13층 36미터의 높이로 사방형밀첨식(四方形密檐式) 전탑(砖塔)으로 다시 지어져 '금만탑(金方塔)'이라 불렀다 한다. 이 때 지은 탑이 현재까지 800년 넘게 풍상을 견디어 왔는데 그 동안 사람들이 얼마나 이 탑 주변을 돌고 돌았는지 탑신 주변 돌바닥 위로 반들반들한 원이 그려져 있다. 그만큼 사람들이 많이 탑돌이를 했다는 뜻이다.

그리고 이 탑에는 한 가지 신기한 현상이 있다고 소문이 나있는데, 그것은 탑의 남쪽을 바라보고 20여 미터 떨어진 자리에서 손뼉을 치면 그 소리가 탑신에 전달되어 더 크게 울리는 것을 들을 수 있다는 것이다. 물론, 그 소문은 탑신에 부딪쳐 나는 소리의 공명현상으로서 거짓은 아니다. 사실, 중요한 것은 그런 현상에 있는 것이 아니라 이 탑에 기대고 믿는 우리들의 마음일 것이다. 나도 한 때 아무런 생각 없이, 그야말로 어떠한 소원도 어떠한 염원도 없이 이곳을 여남바퀴 돌면서 '내가 여기까지 와 이곳을 무심하게 돌고 있구나.' 하는 단순한 사실만을 지각한, 마음 평화로웠던 적이 있었다.

그러나 내 마음속에 오래 오래 머물러 있는 불탑은 백마사의 이 제운탑도 아니고, 그 유명한 대자은사의 대안탑도 아니다. 그것은 놀랍게도 나와 아무런 상관이 없는 중악(中岳) 숭산(嵩山)에 있는 숭악사탑(崇岳寺塔)이다. 이 탑으로 말할 것 같으면, 중국의 '전국중점문물보호단위(全国重点文物保护单位)'이며, 유네스코 세계문화유산인 '천지지 중(天地之中)' 역사문화건축물 가운데 하나로, 덩펑[登封] 시로부터 약 5 킬로미터 떨어져 있는 중악(中岳) 숭산(嵩山) 남쪽 사면 준극봉(峻极峰) 아래에 있는 숭악사(嵩岳寺)에 딸려있는 외톨이 같은 탑이다. 조금 더 설명하자면, 북위(北魏) 정광 4년인 525년에 벽돌[磚]로 건축된 것으로서, 중국에서 현존하는 가장 오래된 불탑이자 세계 최초의 간체[簡体 : 대나무처럼 속이 비어있는] 탑이라 한다. 멀리 떨어져 밖에서 보면, 원통형 탑처럼 보이지만 12각형으로 이루어진 중국 유일의 일좌십이변형탑(一座十二边形塔)이며, 안으로 들어가 보면 밑에서부터 위 천장까지 속이 텅 비어 있다. 제일 아래층 바닥 정 중앙엔 그리 크지 않은, 옷을 입힌 좌불상(坐佛像)이 안치되어 있다. 인도의 수뚜파(stupa)를 모방한 것이라 하며, 당대(唐代)에 보수된 적이 있다 하는데, 왜 나의 기억 속에 오랫동안 남아있는지 사실, 나도 잘 모르겠다.

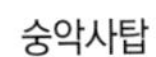

숭악사탑

나는 개인적으로 영(靈)과 육(肉)의 분리를 믿지 못할 뿐 아니라 영도 영원하지 못하다고 생각하기 때문에 근원적으로 무신론자(無神論者)일 수밖에 없다. 그래서인지 이 지구상에 존재하는 어떠한 종교적 기적(奇蹟)이나 신기한 현상에 대해서도 도무지 믿지를 못한다. 그런 나이기에 어떠한 불탑을 보아도 사실, 나는 마음의 의지(依支)나 동요(動搖)는 거의 없다. 그저 한 번 쳐다볼 뿐이다. 물론, 그런 과정에서 그럴 듯한 신화(神話)를 만들고, 그럴 듯한 불탑들을 쌓아온 사람들의 지극정성과 기술과 의미부여를 위한 각별한 노력 등에 감탄할 때는 종종 있다. 그래서 내가 믿는 것은 사실, 신(神)이 아니라 사람[人]이다.

어쨌든, 그동안 내가 보아온 여러 나라의 수많은 불탑들 가운데 좀처럼 쉽게 잊히지 않는 불탑 하나를 들라면 나는 주저하지 않고 이 숭악사탑을 드는데 자금도 그 이유를 모르겠다. 왜 다른 불탑들처럼 시간이 흐르면서 쉬이 잊히지 않고 내 기억 속에서 오랫동안 떠나지 않는지…. 분명한 사실은, 그것이 웅장하거나 화려해서도 아니고, 그 모양새가 특별해서도 아니며, 그것의 재질이나 구조 등이 다른 불탑들과 달라서도 아님에는 틀림없다. 내 마음 속에 한 폭의 그림처럼 박혀 있는 불탑, 숭악사탑을 나는 아직도 내 마음 속에서 밀어내지 못하고 있다. 아니, 굳이 밀어낼 이유도 없으리라.

숭악사탑 제일 아래층 내부의 모습 – 의자에 앉아 있는 佛像에 금색 옷을 입혀 놓았다

'달마대사'가 앉아있는 모습을 바라보며

달마대사[達磨大師:다모다스:Bodhi Dharma : ? ~ 532?]는 누구인가? 남인도에서 중국 광저우[廣州]로 올 때부터 갈대를 꺾어 타고 왔다는 둥, 죽어서는 한쪽 신발만 들고 서천(西天)을 향하여 사라졌다는 둥, 낙양에 있을 때에 자기 나이를 150살이라고 했다는 둥 별 희한한 얘기들이

아래 왼편의 그림은 중국불교선종 사이트에 내걸린 것이고,
오른쪽의 사진은 중국 시안 비림박물관에서 필자가 직접 촬영한 것임

따라다니는 그다. 그와 관련된 자료라 할 수 있는 것으로는, 중국 시안[西安] 비림박물관에 있는 그의 좌상 모습의 비석을 보았고, 소림사가 있는 오유봉[五乳峰:우루펑] 산자락에 그의 조상(彫像)이 모셔진 초조암[初祖庵:추쭈안]과, 오유봉 정상에 새로이 조성된 초대형 좌상과, 그 밑으로 그가 9년 동안 면벽 수행했었다는 천연동굴인 묵현처(黙玄處) 달마동(達磨洞)이 있다. 여기까지는 내가 직접 발로 걸어가 확인해 보았으나 허난성[河南省] 산[陕] 현(县) 시리[西李] 촌(村) 웅이[熊耳:슝얼] 산(山) 아래에 있는 공상사[空相寺:쿵샹쓰]라는 곳에 그의 무덤이 있다는데 거기까지는 가보지 못했다.

중국 바이두 백과사전에 의하면, 그는 지금의 인도 남쪽 지역(?)에서 태어났으며, 살제리족[刹帝利族:차디리쭈]으로 향지왕의 셋째 아들이며(전설에 의하면), 출가 후에는 대승불법에 마음을 두었고, 반야다라(般若多罗) 대사를 스승으로 따랐다 한다. 그런 그는 남조(南朝) 양무제[梁武帝:520~526] 때에 인도로부터 항해하여 광저우에 도착했으며, 남조의 수도인 건업[建業:젠예]에서 불교를 믿는 양무제와의 면담이 성사되지 못하자 하나의 갈대를 타고서 강을 건너 북쪽으로 가 북위(北

달마대사가 9년동안 면벽수행했다는 천연동굴 앞에 '達摩洞'란 간판이 붙어 있다

魏)의 수도인 낙양으로 갔다 한다. 그런 그의 이름은 보리다라(菩提多罗)였는데 후에 달마다라(达摩多罗)로 바꾸어 불렀다 한다. 이는 인도 선종 27대 조사(祖师) 반야다라(般若多罗)의 제자로서 인도 선종 제28대 조사가 되었기 때문이라는 것이다. 그러니까, 인도 선종 28대 조사인 달마가 중국으로 건너와 보리달마[菩提达摩 : Bodhidharma]라는 이름으로 중국 선종의 시조(始祖)가 된 셈이다.

전해지는 그의 저작(著作)으로는, 『四行观(사행관)』『血脉论(혈맥론)』『悟性论(오성론)』『破相论(파상론)』 등 4종이 있으며, 이들은 중국 불교 선종의 중요 경전 가운데 하나로 여기며, 역대 선종 조사가 직접 저술한 것으로 널리 존숭되고 있다 한다.

재미있는 사실은, 그럼에도 불구하고 우리나라에서는 그 원문과 우리말 번역문이 제대로 된 것이 없다는 것이고, 한 번도 보지도 못한 그의 모습을 '호탕한 주정뱅이'처럼 묘사하기를 좋아한다는 점이다. 이는 우리 불교계가 공부를 게을리 한다는 뜻이자 지식층이 매우 얇다는 뜻이라고 나는 생각한다. 여기서 호탕한 주정뱅이 모습이

공상사 전경

란 수행승답지 않게 너무 많이 먹어서 배불뚝이가 되어 있고, 얼굴은 번지르르하게 살이 쪄 있으며, 눈썹은 짙고, 눈동자는 크고 깊은데 무엇이 그리 좋은지 얼굴에는 늘 웃음이 가득하다는 것이다. 그를 묘사한 그림마다 다소 차이가 있긴 하지만 그의 그림을 집안에 걸어두면 무슨 생뚱맞은 수맥(水脈)을 차단해 주고, 무슨 얼어 죽을 액운을 다 물리쳐 준다나? 이런 생각이나 이런 믿음을 갖고서 어쭙잖게 그림을 그리고 그것들을 사서 애지중지하니까 그의 저서 한 권 제대로 번역해 내지 못하고 읽지 못함으로써 바른 깨달음과 요원해지는 것이 아닐까 싶기도 하다.

어떤 유력한 사원의 주지스님은 우리나라 불교 선종(禪宗)의 기원을 말하는 자리에서, 가섭과 부처님의 관계를 전제한 뒤, 부처님이 돌아가셨을 때에 화장(火葬)하려는데 정작 장작더미에 불이 붙지 않았다며, 그 이유를 가섭이 그 자리에 없었기 때문이라 한다. 일주일 후에야 오백 비구들을 대동하고 그가 와서야 비로소 관[인도인들의 장례풍습은 관(棺)이란 것이 없다. 흰 천으로 감싸인 채 염습된 주검이 장작더미 위로 올려진다.]에 불이 붙었다는 전설적인 내용을 소개하면서 이것이 바로 한국불교 조계종의 종지인 선종(禪宗)의 시작이라고 주장한다. 참으로 황당하기 그지없는 주장이다. 그저 뚜껑을 열면 뜬구름 잡는 이야기뿐이니 종교의 실상과 한계가 머지않아 만천하에 드러나리라 본다.

부처님 손가락사리나 신정일의 치아사리나 그게 그것

'사리(舍利/奢利/Śarīra)'라는 말은 원래 부처님의 몸을 가리키는 말이었는데, 이것이 부처 · 보살 · 고승 등의 시신(屍身)을 뜻하는 말로 넓게 쓰이다가, 수행승들의 시신을 화장하고 난 뒤에 남게 되는 뼈와 재 곧 골회(骨灰)를 뜻하기도 했다. 그러던 것이 오늘날은 수행승의 시신을 화장한 뒤에 나올 수도 있고 나오지 않을 수도 있는, 진주나 크리스털 같은 작은 알갱이 모양의 광택이 나는 단단한 물질을 가리킨다. 특히, 이 보석 같은 물질은 죽은 수행승의 수행 정도와 깊이를 가늠해주는 결과라 하여 '심과(心果) 곧 마음의 열매'라 불리기도 한다.

중국 법문사에서 공개한
'부처님 손가락 사리'

그러나 의심 많은 나는 그 보석 같은 사리의 의미를 믿지 못하지만 오늘날은 보통 사람들의 유골을 빻은 가루를 가지고 일정한 공정(工程)에 의하여 보석처럼 만들어주는 장례 방법이 상업화되고 있다. 쉽게 말해, 현재

영업활동을 하고 있다는 뜻이다. 시신을 화장하고 나면 몇 조각 뼈가 남는데 그 뼈를 밀가루 빻듯 기계에 넣어 빻은 골분을 가지고 보석처럼 만들어주는 공법을 그들만은 알고 있는 듯하다.

어쨌든, 부처님의 경우는, 현재의 인도 꾸시나가르(Kushinagar)에 람바르 스뚜빠(Rambhar Stupa)가 있는 곳에서 화장한 후에 '유회(遺灰)'를 8등분하여 8개 왕국으로 나누어 주었다 하는데, 오늘날 인도 고고학계에서 인정하는 것은 세 곳뿐이라 한다. 그 하나는 카필라바스뚜(Kappilavastu)의 것이고, 그 다른 하나는 피프라와(Piprahwa)의 것이고, 나머지 한 곳은 베살리(vaishali)의 것이라 한다. 그런데 그 중 베살리의 것을 아소카 왕[기원전 268년경~기원전 232년경]이 다시 10등분하여 나누어 주었다는 기록이 전해질 뿐이다.

문제는, 이때까지만 해도 시신을 태우고 남은 '재'나 타다만 '뼈'정도라 해서 그저 '유회(遺灰)' 내지는 '골회(骨灰)'라는 말을 사용했는데, 언제부턴가 신비스럽게 보석처럼 반짝반짝 빛나면서 단단하고도 아름다운 빛깔을 지니는, 보석 같은 사리가 있다는 것이다. 마치, 죽어서 관속에 넣어 묻었는데 오랫동안 시신이 썩지 않고 신선하게 유지되었다거나, 다른 부분은 다 죽었는데 유독 심장만은 살아서 보관중이라는 서양 신부들의 이야기들을 내가 믿지 못하는 것처럼 부처님 사리나 그 어느 고승들의 그것도 나는 믿지 못한다. 불신풍조가 몸에 밴 불쌍한 나에게 신뢰를 회복시켜 줄 사람은 어디 없는가.

불교국가들을 여행하다보면 '부처님의 진신사리를 모셨다'고 말하는 불교사원들은 중국 한국 스리랑카 인도 등을 비롯하여 적지 않다. 사진은 중국의 유명한 법문사(法文寺)에서 보관중인 부처님의 손가락 사리이다.

법문사 보탑의 절반인 한 쪽 사면이 1981년 8월 24일 무너져 내려 1987년 2월에 보탑을 중수(重修)하였다 하는데, 1113년이 지나서 당(唐)대의 보물과 귀중품들이 무려 2499건이 쏟아져 나왔고, 1988년에 국내외 유관인사 300여 명이 모여 부처님 손가락 사리를 바라보고 예배드리는 법회[佛指舍利瞻礼法会:포즈서리잔리파훼이]를 가졌다 한다.

이곳 법문사 구석구석을 돌아보는 중에 '부처님의 손가락 사리'를 보니 나는 홍익인간(弘益人間) · 이화세계라는 단군의 이념과 깊은 관련이 있는 한얼교 창시자 신정일(申正一)의 '치아사리'가 떠오른다. 우연히 강화 마니산 한얼본궁에 사진으로 전시되어 있던 것을 본 적이 있는데, 그 사진 속 누런 이빨 모양의 - 내 눈에는 영락없이 결석 내지는 뼈 조각 같은 것들이었지만 - 그것들을 '치아사리'라고 홍보하던 것이 오버랩 된다.

'석가모니 진신사리'라고 공개한 대안탑의 사리

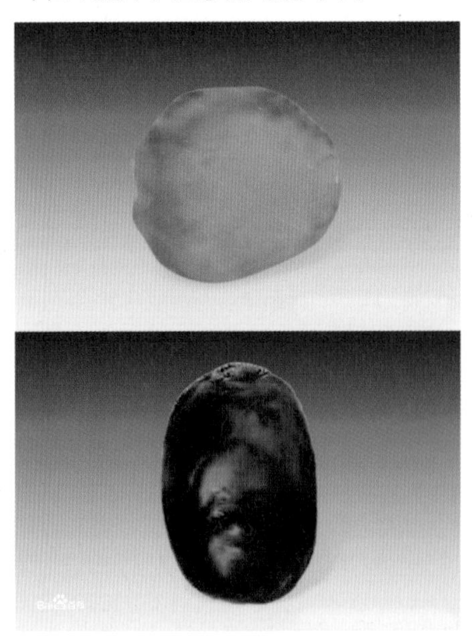

솔직히 말해, 세상 사람들이 신비스럽게 여기는 '사리'라 하는 것도 나는 그저 있는 물질의 단순한 변화일 뿐이라고 여긴다. 사람 눈에 신기한 것들도 다 사람의 이성적 판단 능력으로 그것의 본질을 알 수 없을 때에나 존재하는 것이지, 그 본질에 대해 알게 되는 순간 그 신기한 것들도 더 이상 신기한 것이 되

지 못하는 법이다. 우리가 종교적인 기적(奇績)이니 이적(異蹟)이니 하는 것들도 다 마찬가지이다. 현재 우리의 눈으로 이해되지 않고 알지 못하기에 기적이고 이적이고 신비한 것이지 알게 되면 더 이상 기적도 이적도 신비한 것도 아니라는 뜻이다.

나는 평소에 이런 생각으로 현상을 보고 살기에 큰 감동이나 큰 놀람이 상대적으로 적은 편이다. 그만큼 감정의 기복도 심하지 않다. 그래서 사는 재미도 반감되는지 모르겠다. 슬프면 슬프다고 엉엉 울고, 기쁘면 기쁘다고 희희낙락하는 것이 인간 삶의 진리이건만…. 이런 의미에서 나는 무미건조한 사람임에는 틀림없어 보인다. 여러분들이 생각하기에도 그런 내가 참 불쌍하겠지요?

극락에 있다는 '가릉빈가[迦陵頻伽]'라는 이름의 새를 보았나요?

'가릉빈가(迦陵頻伽)'라는 말은 범어인 갈라빈카(Kalavinka)를 음역한 것이지만 '극락(極樂)'에 있다는 많은 새들 가운데 하나이다. 내가 읽은 「불설아미타경(佛说阿弥陀经)」에 의하면, 부처님이 사리불에게 '극락'의 이모저모를 설명해 주는 과정에서 그 극락에 있다는 흰 고니 · 앵무새 · 공작 · 사리조(舍利鳥) · 공명조(共命鳥) 등과 함께 나열되는 새일 뿐이다. 곧, "사리불아, 저 국토에는 항상 온갖 기묘한 여러 가지 색의 새들이 있는데, 흰 고니와 공작과 앵무와 사리조와 가릉빈가와 공명조와 같은 여러 새들이 밤낮으로 여섯 때에 아름답게 온화한 소리를 내느니라."가 그 증거이다. 또 내가 읽은 「칭찬정토불섭수경(稱讚淨土佛攝受經)」에 의하면 "거위 · 기러기 · 오리 · 해오라기 · 큰 기러기 · 학 · 공작 · 갈라빈가(羯羅頻迦) · 명명조(命命鳥)" 등이 있다는 기록이 있는데 이 또한 그 증거이다.

중국에서 그려지고 만들어진 가릉빈가조의 형상들

그런데 그 가릉빈가의 생김새를 두고, 인두조신(人頭鳥身)의 형상이라고들 하는데, 다시 말하면 머리와 얼굴 팔 등은 사람의 형상을 하였고, 다리와 꼬리 날개 등은 새와 같다하는데, 그 모습이 굉장히 아름답고, 그 소리가 또한 온화하고 아름답다 한다. 하지만, 그 형상에 대한 경전의 기술 내용은 아직 찾지 못했다. 하긴, 이제야 정토(淨土) 삼경(三經) 곧 무량수경(無量壽經)과 관무량수경(觀無量壽經), 그리고 아미타경(阿彌陀經) 등을 면밀히 읽고 있으니 당연한 일인지도 모르겠다. 어쨌든, 가릉빈가의 형상에 대한 경전 기록 내용을 확인하게 되면 어떠한 방식으로든 밝혀 놓을 것이다.

하지만, 나는 중국 둔황에 있는, 그 유명한 막고굴 안에서 가이드의 플래시 불빛으로 해당 벽화를 주마간산 격으로나마 보았고, 비록 하반신이 새의 모습은 아니었지만 온전한 사람이 새처럼 날아다니는 비천상(飛天像) 모양의 새를 볼 수 있었다. 비천상은 대개 극락에서의 근심걱정 없는, 인간 세상의 현실을 초월하는 즐거운 생활을 드러내 보이기 위해서 그려진 것으로 판단되는데, 현실세계에서 인간이 꿈꾸는 이상세계를 상상으로써 그려낸 결과적 산물이 아닐까 싶다. 이는 극락이 구체적으로 어떻게 생겼으며, 그곳에서의 생활이 어떻게 이루어지는지를 기술하고 있는 경전들의 내용이 뒷받침해 주고 있다. 이에 대한 구체적인 정보는 본인의 다른 저서『경전 분석을 통해서 본 예수교의 실상과 허상』이란 책의 355~358페이지를 참고해 주기 바란다.

이 가릉빈가에 대해서 우리나라의 경우는, '고구려 고분벽화나 통일신라시대 동경(銅鏡)과 와당(瓦當)에, 그리고 고려시대 승탑 등에 문제의 이 가릉빈가가 그려졌고 새기어졌다는데, 그것도 생황이나 피리를 불고 있거나 비파 등의 악기를 연주하는 모습이 많으며, 간혹 공양하는 모습도 보인다' 는데 나는 아직까지 그러한 실물들을 확인해 보지는 못했다. 기회가 닿는 대로 확인해볼 참이다.

그렇다면, 이 가릉빈가는 과연 무슨 의미를 숨기고 있는 것일까? 우선, 극락이 어떠한 곳인가를 설명하기 위해서 끌어들여진 요소들 가운데 하나라는 점은 분명해 보인다. 한 마디로 말해, 극락의 '장엄함'과 여러 가지 '공덕'을 입증해 주고 실현시켜 주는 구성요소라는 뜻인데, '온갖 기묘한 여러 가지 색의 새들'이라는 표현에서 확인할 수 있듯이 극락의 장엄함 가운데 아름다움을 드러내기 위한 여러 가지 장식품들[호수 · 꽃 · 누각 · 음악 등] 가운데 하나임에 틀림없고, 또한 그 '소리로써 5근(根) · 5력(力) · 7보리분(菩提分) · 8성도분(聖道分)과 같은 법[法:부처님의 가르침]들을 즐겁게 연설한다' 했으니 불법을 설(說)하는 수단이자 방편으로서 극락의 이로움과 유익함을 드러내기 위한 것이기도 하다. 특히, "새들은 모두 아미타불께서 법음을 널리 펴기 위하여 화현(化現)하신 것"이라고 직접적으로 기술된 점으로 보면 분명, 이 새는 아미타불의 '화신(化身)'이라 해도 틀리지 않는다.

화신이라? 이 화신이라는 말은, 신(神)의 능력과 관련된 낱말로, 신이 스스로 필요해서 자신의 의중을 가시적인 형태로 적시적절하게 드러내어 보이는 것으로써, 자신의 뜻이나 목적을 이루기 위해서 '행동하는 주체'로서 형태를 지닌 가시적인 대상으로의 드러남 곧 현현(顯現)이다.

이는 인간의 종교적 상상력에 날개를 달아주는 원천으로 불교의 '신통력'이나 예수교의 '전지전능함'에서 비롯되는 것이다. 예컨대, 중생이 간절히 원하기에 법신(法身)이 인간의 몸으로 이 세상에 나타나신 분이 바로 석가모니 부처라거나, 죄 많은 인류를 구원해 주기 위해서 아들을 제물로 삼아 '예수'라는 이름으로 인간 세상에 내려 보냈다는 하느님에 대한 설명이 다 그 화신과 무관하지 않다.

물론, 인간 세상에는 가릉빈가와 유사한, 그러니까, 인간의 상상에 의해서 만들어지는 관념적인 존재들이 적지 않다. 다시 말하면, 실재하지는 않지만 관념으로서만이 존재하는 상상 속의 대상들로 인간의 욕구가 투사 반영된 것들이다.

예컨대, 사람 모양에 물고기 하반신을 붙여 놓거나, 사자 얼굴에 물고기 몸을 붙이고, 용의 머리에 새의 날개를 단 괴상한 동물들이 다 그 적절한 예라 할 수 있다. 이처럼 필요하다면 인간은 무엇이든

중국 벽화로 그려진 가릉빈가조의 실례 : 예수교의 천사처럼 사람 얼굴에 날개가 달리고, 그가 내는 소리는 너무나 묘하고 아름다워 佛法을 전하는 데에 부족함이 없다 한다

지 상상으로써 만들어 왔고, 분명코 실재하지는 않지만 실재하는 것처럼 믿어왔다.

'극락'이나 '천국'이란 것도 인간의 상상에 의해서 인간의 꿈이 이입된 이상세계인 것처럼, 그 극락이나 천국 안에 존재한다는 모든 대상이나 현상들 역시 상상의 산물에서 벗어날 수 없다. 문제의 이 가릉빈가 역시 상상의 새[鳥]로서 실재하지는 않는다. 마치, 불설무량수경(佛說無量壽經)에 기록된 3천 년 만에 한 번씩 핀다는 우담발화[靈瑞華]나 천상[극락]에 있다는 우발라화(優鉢羅華), 발담마화(鉢曇摩華), 구물두화(拘物頭華), 분타리화(分陀利華=分陀利迦) 등의 꽃처럼 말이다.

이처럼 인간이 직접 가보지 못하는 '극락'이나 '천국'을 그려낼 때에 지상에 없는 것들을 만들어 놓거나, 지상에 있는 것들이라 할지라도 그것의 한계가 극복되고 그 의미가 업그레이드된, 다시 말해 그 기능이나 본질이 상향조정된 상태로 변형 · 변질시켜 놓는 게 일반적이다. 마치, 극락의 땅이 지상과 달리 순금으로 되어 있다거나, 천국이 인간 세상과 달리 수정과 같은 유리바다로 되어 있다고 해당 경전에 기록된 예들처럼 말이다.

그래서 극락도 천국도 다 관념으로만 존재하게 되는데 가릉빈가 역시 그 한 예일 뿐이며, 신기하게도 불교와 전혀 다른 예수교의 성경에서도 가릉빈가와 아주 흡사한 존재가 있다. 곧, 하느님의 뜻을 받들어 하늘에서 땅으로 왕래하는 '날개 달린 사람 모양인 천사(天使)' 가 바로 그것이다. 곧, '그룹'이나 '스랍'이나 '네 생물' 등이 그것들인데 이들에 대한 구체적인 정보는 본인의 다른 저서 『경전 분석을 통해서 본 예수교의 실상과 허상』이란 책의 621~627페이지를 참고해 주기 바란다.

여하튼, 인두조신(人頭鳥身)의 모호한 가릉빈가를 중국의 둔황 막고굴 벽화에서 보고나니 불경(佛經)을 집필하던 당시 사람들이 오늘날에 널리 알려진 파푸아뉴기니 · 오스트레일리아(북부) · 인도네시아 등에 서식하는, 소위 '극락조'를 보았다면 극락에 있다는 새들 가운데 단연 으뜸으로 그 이름을 올리지 않았을까 하는 생각이 든다. 그 화려한 색깔로 보나 구애를 위한 무대 준비와 춤동작을 보면 가히 환상적이기 때문이다.

신라인이 중국에서 지장보살 화신이 되다

중국 안후이성[安徽省] 지주시(池州市) 청양현(青阳县)에 있는 구화산(九华山)은, 산시성[山西省]의 오대산(五台山)과 저장성[浙江省]의 보타산(普陀山), 쓰촨성[四川省]의 아미산(峨眉山) 등과 함께 중국 불교 4대 성지(聖地) 가운데 하나로 꼽힌다. 오대산은 문수보살, 보타산은 관음보살, 아미산은 보현보살, 구화산은 지장보살의 도량으로 널리 알려져 있는 상황이다. 단순히 알려져 있는 것이 아니라 실제로 현지에 가보면 그곳들에 있는 불교사원들에서는 해당 보살이 신앙의 대상인 주불(主佛)처럼 모셔져 있고, 그들의 면면이 부각되어 있다.

이러한 현상은 문수 관음 보현 지장보살 등이 중국인들에게 중요한 신격 존재로 부각(浮刻)·각인(刻印)되었기 때문이며, 또한 그 기저에는 이들의 개인적인 서원(誓願)과 수행 정진 후 부처가 되었을 때에 그들에게 주어진다는 역할 등이 크게 작용한 것으로 보인다. 간단히 줄여서 말하자면, 문수보살의 10대 서원과 지혜, 관음보살의 중생구원과 대자비심, 보현보살의 10대 서원과 중생 연명, 지장보살의 지옥에서의 중생 구원과 무불시대 중생제도 책임 등으로 압축되는 불

(佛)·속가(俗家)의 믿음에 근거한 것으로 보인다.

그런데 약 천 이백여 년 전부터 오늘날까지 중국의 구화산이 지장보살의 도량으로서 성지(聖地)가 된 데에는 놀랍게도 신라(新羅)의 왕족 출신 김교각[金喬覺 : 696 ~ 794]이라는 사람의 수도(修道) 생활과 관련된 고사(故事)에서 연유한다. 중국 측의 기록에 의하면, 김교각은 24세 때에 삭발하고 승려가 되어서 당(唐) 현종(玄宗: 685 ~ 762) 때에 부처님의 도(道=佛法)를 구하기 위하여 남쪽 능선을 따라서 구화산에 당도했다는데, 그는 아주 깊고 무인지경의 적막한 곳을 골라서 암동서거[岩洞棲居 : 바위가 많은 곳에 깃들어 살며 수행함] 수행한 것으로 전해진다. [나는 이 대목에서 고대 인도에서 건너왔다는 달마대사(達磨大師)가 떠오른다. 그도 석가모니 부처님처럼 왕족 출신인데다가 지금의 소림사가 있는 오유봉의 천연동굴에서 9년 동안이나 면벽수행을 했다고 알려져 오고 있기 때문이다. 자세한 내용은 본인의 다른 저서 『여행도 수행이다』를 참고하기 바란다.]

당시 구화산은 청양현의 민(閔) 씨가 관리하는 땅이었는데 김교각이 그에게 수행처로 가사(袈裟) 한 장 펼칠 땅을 빌려 쓰자고 청하자 그는 별 생각도 없이 흔쾌히 허락하였다. 그러자 김교각의 가사가 가볍게 펄펄 날며 펼쳐져서 구화산의 아홉 봉우리를 다 덮었다 한다. 이를 지켜본 민 씨는 이상하게 여기면서도 '눈이 크게 열렸다' 한다. 갑자기 그의 마음은 고요해지면서 놀라게 되었고, 놀라면서 기뻐지기도 했다는 것이다. 그러한 인연으로 김교각이 수행 정진하되 도(道)를 널리 전파한다는 조건으로 757년에 비로소 절을 지을 수 있었다 한다. 그 절이 바로 과거의 '화성사(化城寺)'이고, 지금의 '구화산 역사문물관'이다. 이는 구화산 내 '구화가경구'에 있다.

그 후 김교각의 이름이 널리 펴져나갔으며, 수많은 선남선녀 신도

들이 예배 공양을 드리기 위해서 구화산으로 모여들었다 한다. 그 후 김교각은 수십 년 동안[약 40년 정도로 추산됨] 그곳에서 수행 정진했으며, 794년에 99세의 고령으로 결가부좌한 상태에서 입적[入寂:돌아가심]하였다 한다. 그의 육신은 나무로 짠 궤[函] 속에 안치시켜 놓았었는데 3년이 지나도 얼굴빛이 꼭 살아있는 듯했고, 손도 부드러웠으며, 살아서 소리가 들리는 듯 느껴졌다 한다. 이런 기이한 모습을 본 사람들이 그를 지장보살의 화신으로 여기고서 석탑을 세워 새로이 안치시키고 '김지장(金地藏)' 보살이라 하여 공양 경배 드려오고 있는 것이다.

내가 방문했을 때[2015.06.05.]에는 김교각의 육신이 안치되었다는 탑을 '지장탑(地藏塔)'이라 하고, 그 탑은 '호국월신보전(護國月身寶殿)'이라는 이름의 전(殿) 안에 있었다. 물론, 순례자들은 그 전 안으로 들어가서 탑을 한 바퀴 돌아 나올 수는 있는데 그 탑 속을 들여다 볼 수는 없었다. 그리고 이곳을 방문할 때에 나는 후문(後門)으로 들어가서 정문(正門)으로 나왔

호국월신보전(護國月身寶殿)

는데 과거의 모습이 많이 바뀌었을 것이라는 생각이 들었다. 왜냐하면, 정문 앞에는 너른 광장이 조성되어 있고, 그 안으로 들어가면 계속 언덕으로 올라가는 길이 되는데 중간 중간에 새로 지은 미륵전(彌勒殿)도 나오고, 관음전(觀音殿)도 나오고, 긴 회랑(回廊)도 나오고, 막바지에는 가파른 계단길이 나온다. 호국월신보전이 '신광령(神光岭)'이라 하는 언덕 꼭대기에 있어서 저 밑에서부터 우러러 보게 했다는 기록이 있기 때문이다.

여하튼, 나는 후문 쪽에서는 한 30여 명 되어 보이는 단체 순례자들이 공양드릴 물품들을 각자 짊어지고 온 배낭 속에서 꺼내어 챙기는 모습을 보았고, 정문 쪽에서는 오체투지하며 오르며 땀을 뻘뻘 흘리는 여성 신도 세 명도 보았다.

기록에 의하면, 구화산에는 신광령(神光岭), 백세궁(百岁宫), 쌍계사(双溪寺) 등 세 곳에 육신전(肉身殿)이 있는데, 특히 신광령의 육신전은 '지장탑(地藏塔)'이라 하여 김지장의 육신이 안치된 곳으로 되어 있다. 그리고 구화산 성전(聖殿) 중에는 김지장의 불상 좌우로 모셔져 있는 협시불[挾侍者]이 바로 이 구화산의 주인이었던 민 씨 부자(父子)인 것으로 전해지고 있다. 마치, 부처님의 협시불로 그 좌우에 문수·보현보살을 세우듯이 말이다.

우리는, 우리가 모르는 그 '김교각'이라는 신라 왕실 사람이 구체적으로 누구이며[지금 추정하여 세운 가설은 있다], 일개 스님이 중국으로 건너가서 '대사(大師)'가 되고, 대사가 지장(地藏) 보살(菩薩)의 화신(化身)으로까지 인정받게 되는 과정에 그의 활동상에 대해서 궁금하기 짝이 없지만 알려진 것이 별로 없다. 여행 가이드북에 의하면, 화성사에 가면 그의 일대기가 기록 정리되었다는데 내가 방문했을 때에는 공사중이었고, 아주 낡아빠진 절처럼 느껴졌었다. 문제는, 앞으로 재정리된다 해도 '어떠한 근거와 자료에 의해서 객관적으로 정리되느냐?'일 것이다.

그러나 화성사가 한 때 구화산의 중심사찰이었음은 꼭 문헌적 기록이 아니더라도 느낄 수는 있었다. 물론, 지금은 주변이 작은 도시처럼 변해 있고, 곳곳에 다른 여타의 절들이 훨씬 크고 화려하게 들어서 있기 때문에 마치 낡은 헛간처럼 보이지만 이 화성사 외에 다른 아무것도 없을 당시를 상상해보면 주변 사방의 산들이 견고한 성(城)처럼 에워싸고 있어서 '화성사'라는 이름을 붙였다는 기록이 이해된다. 그리고 그 앞으로 조성된 '방생지(放生池)'와 광장 등이 가장 오래된 고가(古街)임을 어렵지 않게 체감할 수 있게 한다.

분명한 사실은, '김교각'이라는 신라 출신의 스님이 이곳에서 지장보살의 화신으로 인정되었고, 그를 예배 공양하는 인파들이 몰리면서 수많은 불교사원들이 건립되어 왔으며, 오늘날 중국 불교의 4대 성지 가운데 하나로, 그것도 지장보살의 도량으로 자리 잡게 되었다는 점이다. 그렇다면, 우리는 한 가지 더 생각해 보아야 할 것이 있다. 그것은 '김교각 스님의 무엇이 지장보살의 화신으로까지 인정받게 했느냐?' 일 것이다. 나는 개인적으로 이 부분에 관심이 있지만 추적해 볼만한 자료가 입수되지 않아서 거의 아는 게 없다. 다만, 중국 바이두 백과사전에 기록된 내용을 앞세운다면, 세 가지로 압축할 수는 있을 것 같다.

하나는, 김교각 스님이 이 구화산에 당도하여 민 씨에게 수행처를 허락받는 과정에서 보인 믿기지 않는, 무협지에서나 나올 법한 이적(異蹟)을 보였다는 점이고, 그 둘은 99세를 일기로 타계했는데, 그것

'방생지'를 앞에 두고 있는 옛 화성사. 지금은 '구화산역사박물관'이 되어 있다

도 결가부좌한 상태에서 죽은 몸을 궤 속에서 넣어두었다는데 3년 동안이나 부패하지 않고 깨끗하게 보전되었었다는 특이한 자연적 현상이며, 그 셋은 수십 년 동안 수행생활을 어떻게 했는지, 그리고 그것이 중생들에게 어떠한 영향을 미쳤는지, 이다. 첫째와 둘째의 이야기는 다른 종교 다른 사람에게서도 얼마든지 있을 수 있는, 부분적으로 가공되고 꾸며진 신화적인 얘기로 보면 크게 틀리지 않는데, 가장 핵심이 되어야 할 세 번째의 내용에 대해서는 정작 아는 바가 없어 심히 아쉬울 따름이다.

-2015. 06. 19.

팁

배낭여행자가 구화산에 가려면 어디에서 출발하든지 간에 구화산버스터미널에 먼저 도착해야 한다. 이 터미널 안에서 구화산 입장권[190위안]과 셔틀버스 티켓을 함께 끊어서[창구가 다름] 셔틀버스[50위안]를 타고 들어가게 된다.
구화산은 유명 관광단지가 되어 있는데, 크게 보면 5개의 경구(景區)로 나뉘어져 있다. ①산전(山前)경구, ②구화가(九華街)경구, ③화대(花台)경구, ④민원(閔園)경구, ⑤천대(天台)경구 등이 그것이다.
산전경구에는 구화산 대문(大門), 감로사(甘露寺), 용지암(龍池庵), 용지폭포(龍池瀑布) 등이 포함되어 있고, 가장 중요한 구화가경구에는 지원사(祗園寺), 화성사(化城寺), 백세궁[百歲宮 : 절 이름임], 동애선사(東崖禪寺), 전단림[旃檀林: '김지장전'을 비롯하여 많은 전(殿)들이 포함되어 있음], 호국월신보전[護國月身寶殿: 소위 '육신보전(肉身寶殿)'이라 했던 육신보탑(肉身寶塔)이 있는 곳인데 대문(大門)에서 미륵전(彌勒殿) 관음전(觀音殿) 등 새로이 신설된 전(殿)들이 딸려 있으며 계단길로 올라간다.] 외 크고 작은 사원(寺院)들과 각종 숙박시설 및 상점들이 밀집되어 있는 구 시가지이다.
그리고 화대경구는 구화산 대문 부근에서 케이블카를 타고 올라가는 '화대(花台)'라 불리는 산봉우리를 비롯하여 여러 봉우리들이 포함되며, 민원경구는 민원죽해[閔園竹海 : 대나무 숲]를 비롯하여 회향각(回香閣) 봉황송(鳳凰松) 등이 포함되며, 천대경구는 '천대(天台)'라고 하는 구화산 최고봉에 있는 천대사(天台寺) 외에 크고 작은 사원들과 고배경대(古拜經臺) 등이 포함되어 있다. 물론, 케이블카를 타고 올라가는 두 곳인 화대와 천대는 주변에 산봉우리들이 가깝게 있어서 꼭 사원이 아니더라도 구경할 만하다. 그리고 레일 위를 달리는 '란처[纜車]'라 하는 일종의 케이블카를 타고 오르는 백세궁과 동애선사도 둘러볼만 하다고 생각된다.
일반적으로, 이곳 구화산을 찾는 사람들에게는 김교각 지장보살 화신의 육신이 안치된 호국월신보전(護國月身寶殿)과 구화산 최초의 절이었던 화성사가 당연히 관람 제1순위가 될 것이고, 천대의 천대사가 제2순위이라면 백세궁과 동애선사 등이 제3순위가 될 줄로 믿는다.
천대를 올라가려면, 셔틀버스를 타고 봉황송참[셔틀버스 종점]까지 가서 케이블카[160위안]를 타고 오른 다음 한참을 걸어서 간다. 걸어가는 길도 만만치는 않다. 구화가경구에서 셔틀버스와 케이블카를 타고 내린 다음 걸어서 천대에 오르고 주변 사원들을 구경하고 돌아 내려오는 데에는 최소 2~4시간을 계산해 넣어야 하고, 란처[100위안]를 타고 올라가는 백세궁과 동애선사를 포함하여 구화가경구 안에 있는 모든 사원들을 방문, 구경하는 데에는 사람마다 다르겠지만 보통 4~6시간 정도는 소요된다고 보아야 된다.
그리고 백세궁에서 동애선사는 800여 미터 정도 떨어져 있는데 산길이 잘 정비되어 있다. 물론, 란처를 타지 않고 걸어서 올라갔다가 걸어서 내려오는 사람도 있다.

6

백마사(白馬寺) 제운탑(齊雲塔)에서의 무념무상

6월 어느 날이었다. 낙양 시의 대기상태는 썩 좋지 못했다. 그야말로 푹푹 찌는 듯했고, 후덥지근하여 불쾌지수가 매우 높았다. 그러나 나는 여행 계획대로 시내버스를 타고 노성(老城)으로부터 동쪽으로 12킬로미터 정도 떨어져 있는 백마사로 갔다. 가는 중에 한바탕 소나기가 쏟아졌다. 시원했다. 아니, 후련했다. 가로수 나뭇잎들마다 두텁게 쌓여있던 먼지도 좀 씻겨 나갔다.

내가 타고 가는 이 버스의 종점이 바로 백마사이다. 나는 버스에서 내려 비에 젖은 길을 건너 기념품을 비롯한 온갖 상품들을 파는 줄지은 가게들 앞을 지나 광장을 가로지르니 백마 석조 조형물이 서 있었고, 붉은 색 담벼락과 출입문이 나온다. 몇 몇 사람들은 그 백마 앞에서 기념촬영을 하고 있었다. '아, 이놈이 아프가니스탄에서 인도 스님 두 분과 함께 불경과 불상 등을 싣고 왔다는 그 백마인가?' 나는 속으로 생각하며 입장권을 끊어 안으로 들어갔다.

모두가 잘 알다시피, 백마사는 중국 최초의 절이기 때문에 중국 불교 '조정(祖庭)' 또는 '석원(释源)'이라 불리기도 하는데 이곳을 찾는 사람들은 천왕전(天王殿) · 대불전(大佛殿) · 대웅보전(大雄宝殿) · 접인전(接引殿) · 비로각(毗卢阁) 등이 있는 백마사 본원(本院)으로 들어가 구경하느라고 시끌시끌하다. 그러나 백마사 본원 왼편으로는 새롭게 조성된 인도(印度)와 태국(泰國)의 풍격불전(風格佛殿)이 있고, 백마사 입구 앞 우편으로는 비구니들의 도량인 '제운탑원(齐云塔院)'이 있지만 대개는 둘러보지 않는다.

나는 입장료 50위안도 50위안이었지만 재당(齋堂), 객당(客堂), 선방(禅房), 청량대(清凉台), 제운탑(齐云塔), 한(漢) 대 두 스님의 묘[(汉启道圆通摩腾大师墓 & 汉开教总持竺法大师墓)] 등이 있는 제운탑원(齐云塔院)으로 발길을 돌렸다. 그야말로, 구석구석 돌아보고 마지막으로 석가사리탑으로도 불리는 제운탑으로 갔던 것이다. 이 탑에 대한 객관적인 정보는 다른 글에서 이미 소개되었음으로 여기서는 다시 하지 않겠다.

내가 이곳 제운탑에 당도했을 때에는 한낮의 태양빛이 뜨겁게 내리쬐었다. 그리고 아무도 없었다. 그저 쓸쓸이 높은 탑이 서 있었고, 점판암으로 보이는 격자형 벽돌이 바닥에 촘촘하게 깔려 있었다. 물론, 비각도 두어 개 서 있었고 초와 향을 태우는 대형 향로도 서 있었

제운탑

백마사 입구 정문 앞에 설치된 백마 조형물

지만 솔직히 그런 것들에는 관심이 없었다. 그러나 유독 내 눈에 들어오는 것이 있었으니 그것은 탑을 중심으로 바닥에 그려진 원으로, 사람들의 발자국을 따라 윤기가 도는 탑돌이 길이었다.

얼마나 많은 사람들이 이 탑을 중심으로 돌고 돌았으면 바둑판처럼 돌판으로 꾸며진 밑바닥에 원형 길이 새기어지고, 그 길에 반들반들 윤이 나는 것일까? 모르긴 해도 수많은 사람들이 이 탑 주변을 돌고 또 돌았을 것이다. 또한 그들이 무엇을 얼마나 간절히 바라고 기원하고 염원했으면 발걸음이 놓이는 자리마다 연꽃이 맺히고 피어 있을까.

나는 잠시 그런 중생들을 생각하면서 걸었는데 나도 모르게 탑을 중심으로 돌고 있었던 것이다. 그렇게 한 바퀴 두 바퀴 돌다보니 생각들도 다 사라지고 어떤 바람[願]이나 염원조차 다 사라지고 그저 몸만 홀로 길을 따라 걷고 있었다. 몇 바퀴를 돌았을까…? 한참 후에야

제운탑을 중심으로 사람들이 탑돌이를 얼마나 했으면 발걸음이 놓이는 자리가 반들반들해져 있다

'내가 지금 탑돌이를 하고 있구나.' 하는 생각이 들었다. 나도 놀라웠다. 평소에 하지 않던 짓을 여기 와서 다 하고…. '뭐, 심심해서 그랬겠지.' 아니면, '길이 먼저 나있는 것을 보고 그저 따라가 본 것뿐이겠지.'라고 생각하면 되는데 그러기에는 내 마음이 너무나 고요해졌고 평화로워졌다. 불과 여남 바퀴 돌았을까 스무 바퀴를 돌았을까. 이상할 정도로 심신이 하늘에 떠 있는 구름처럼 가벼워지고, 아무런 욕구도 욕심도 없이 무심해졌기 때문이다.

평소에 매일 가는 체육관에서도 어떤 기구를 이용하여 운동할 때에 나는 가능하면 아무런 생각을 하지 않고 오로지 습관적으로 같은 동작을 충실하게 반복하는 일에만 집중할 때가 많다. 그런 시간만큼은 잡념조차 다 사라진다. 그러다보니 어느새 그것을 즐기는 쪽으로 자꾸 기울어진다는 것을 알아차리게 되었다. 내 나름의 잡념 제거 방법이자 거의 무념무상의 상태에서 마음을 편안하게 하고 몸만 가지고서 운동하는 것이다. 그처럼 나는 이곳 백마사 제운탑까지 와서 뜻밖에도 아무런 생각 없이 그저 탑 주변을 돌고 도는 자신을 발견하고 깜짝 놀란다. 옴, 옴마니반메훔!

알쏭달쏭한 도교의 피가 흐르는 이 몸

마음에 품었던 무언가를, 설령, 그것이 현실적으로 실현불가능한 일일지라도, 아주 간절히 원하고 추구하면 무심한 '하늘'조차 감동하여 그런 사람 편에 서서 도와준다고 믿었던 시절이 있었다. 그야말로, 지극정성으로 빌고 또 간구하면 '천지신명(天地神明)'이 그 인간적 노력과 정성에 감응하여 도와준다고까지 믿고 싶었던 순박한 시절이 말이다.

나약한 우리 인간은, 사람의 힘으로 어찌 할 수 없는 일들에 대해서 하늘이나 땅이나 그 사이에 존재한다고 믿고 싶은, 그러나 보이지 않는 신(神)과 같은 존재에 기대고 의지하며 살아왔다 해도 틀리지 않는다. 그래서 그 하늘이나 그 천지신명께 정성껏 제사지내면서 간절히 기도하며 염원해 왔던 것이다. 물론, 오늘날도 크게 변한 것은 없다. 변한 것이 있다면 그저 그 하늘과 그 천지신명이라는 단어가 놓이는 자리에 '하느님' 혹은 '부처님' 혹은 여러 가지 이름의 '신들'이 있을 뿐이다.

사실, 이러한 현상에는 세계가 하늘과 땅으로 양분되어 있다고 생각했던 고대(古代)의 세계관이 전제되어 있다. 곧, 인간을 포함한 모든 생명체들이 생로병사의 과정을 거치면서 경쟁과 투쟁이라는 질곡 속에서 살아가는 세상을 지상(地上) 곧 땅의 무질서한 혼탁한 세계라 했다면, 이와는 전혀 다른 정반대의 세상을 천상(天上) 곧 하늘의 질서정연한 청정한 세계라 인식해 왔다. 그래서 지상에는 속된 인간(人間)이 살고 천상에는 인간과 다른 천인(天人)이 산다고 상상해 왔다. 나아가, 지상에 왕과 백성이 있듯이 천상에도 왕과 백성이 있다고 믿었으며, 지상의 왕은 천상의 왕에게 감사하고 소원하는 바를 기원해 왔다. 하늘의 상제(上帝)에게 제사(祭祀)를 지내왔던 우리나라나 중국의 과거사가 잘 말해 주듯, 유대인들이 하느님께 제사를 지내고, 예수를 믿는 오늘날 지구촌의 많은 사람들이 그런 제사 대신에 찬양예배를 드리는 행위가 잘 말해 준다. 뿐만 아니라, 땅에는 지옥이 있고 하늘에는 천국이 있다고 상상하며, 끝내 천국이나 극락으

측백나무

로 가기를 희망하다.

그렇듯, 그 천인들 가운데에서 지상으로 내려오는 특별한 이들, 곧 신선(神仙)이나 하늘 사람[天人]이나 천사(天使) 등이 있다고 믿었듯이, 지상에서 하늘 또는 하느님의 도를 구하고 수련하면 천상의 사람과 같은 신격 존재나 신선이 되어서 하늘나라인 천상으로 간다고 상상해 왔던 것이다. 이러한 세계관의 원형 격이 다름 아닌 중국 도교(道教)라고 나는 판단한다.

솔직히 말해, 우리는 중국의 도교를 배척하듯 말하면서도 실제로는 그 영향에서 단 한 치도 벗어나지 못하고 있다. 우리의 생각과 우리의 마음속에서는 이미 도교의 세계관이 녹아들어있기 때문이다. 무슨 근거로 그런 말을 하느냐고요? 우리의 경천(敬天) 사상이나 오방(五方)·오색(五色)·오행(五行)·오음(五音)·음양(陰陽) 등이 다 중국 도교로부터 나온 것이기 때문이다.

오래된 측백나무

그렇다면, 표면적으로는 배척하면서 속으로는 지대한 영향으로부터 벗어나지 못하는 이중성을 띨 것이 아니라 그것의 핵심을 먼저 분명하게 이해할 필요가 있다고 본다. 중국과 우리나라에서는 아직도 천인(天人) 합일(合一)을 목표로, 이런 말이 과연 가능한

소림사 안에 세워진 '혼원삼교구류도찬(混元三教九流圖贊)'이란 비석의 비문과 그림으로
유교 불교 도교 등 삼교를 통합 시도한 가장 확실한 증거임

것인지도 모르겠지만, '하늘' 내지는 '자연'의 도(道)를 추구하는 사람들이 많으며, 현실적인 복락 곧 무병장수(無病長壽) · 관운(官運) · 축재(蓄財) 등을 염원하면서 하늘이나 하느님께, 그리고 지신이나 산신께, 아니면 온갖 잡신들께 기꺼이 헌금 · 헌물하면서 기도하는 사람들이 적지 않기 때문이다. 특히, 중국에서는 도시나 시골이나 할 것 없이 살아있는 도교사원들이 적지 않으며, 사람들의 왕래 또한 많은 것을 볼 수 있다. 그렇듯, 우리나라에서도 무당의 집이나 절이나 암자나 교회나 성당이나 기도원 등이 결코 적지 않으며, 사람들의 왕래 또한 적지 않다.

뒤돌아보면, 우리 한국 사람들이나 중국인들에게 지대한 영향력을 행사해왔던 고대의 도교(道教) · 불교(佛教) · 유교(儒教) 등 삼교(三教)가 옳고 그름을 판단하고 가치와 그 우선순위를 결정하는 가치관의 근간이 되어 왔음에는 틀림없다. 이들 삼자는 서로 견제하고 대립하면서도 상호 영향을 주고받으며 발전해 왔다 해도 크게 틀리지 않는데, 이들이 우리의 사상적 뿌리가 되어 일상에 지대한 영향을 끼쳐 왔음도 부인할 수 없다.

이들 가운데 도교[Daoism, Taoism]는 중국의 가장 오래된 토속종교로서 도가(道家) · 황로(黃老) · 노씨(老氏) · 현문(玄門) 등의 이름으로 불리기도 하지만 오늘날까지도 중국인들에게는 유전적인 피가 흐르는 것처럼 지대한 영향력을 행사하고 있다. 그런 도교의 핵심을 소개하자면, 아래와 같이 간단명료하게 정리해 볼 수 있다. 물론, 이것은 필자가 독자적으로 정리한 것은 아니다. 중국인들 스스로가 한 것으로 내가 이 내용에 동의하기 때문에 참고삼아 그대로 옮겨 놓을 뿐이다.

尊道贵德，天人合一［最高信仰］

敬天法祖，寻仙访道［神仙崇拜］

天人感应，天道承负［善恶报应］

性命双修，返璞归真［修炼秘诀］

上善若水，柔弱不争［为人品质］

清静寡欲，自然无为［处世方式］

我命在我，不在天地［逍遥精神］

忠孝节义，仁爱诚信［伦理道德］

福禄寿喜，吉祥如意［民俗风情 · 全真传戒仪典］

仙道贵生，济世渡人［核心宗旨］

자세히 보면, 이 안에서도 유 · 불 · 선 삼교가 융합되어 있다는 점과, 그로 인해서 서로 충돌하는 모순도 있다는 사실을 어렵지 않게 확인할 수 있다. 쉽게 설명하자면, 사람이 하늘의 도를 추구하며 충효인의예지(忠·孝·仁·義·禮·智)를 추구하는 것은 유교적이라 할 수 있으며, 청정과욕(淸淨寡欲)과 제세도인(齊世渡人)을 추구한다 하는 것은 다분히 불교적이다. 뿐만 아니라, 그 청정과욕은 복록수희(福禄寿喜), 길상여의(吉祥如意) 등과는 사실상 서로 대립된다. 삼교의 좋은 점들을 추구하면서 자연스럽게 융합되었다는 사실을 입증해 주는 단서이기도 하지만 동시에 모순을 떠안을 수밖에 없다. 이것이 현실이다. 불교나 예수교 안에서도 이런 모순은 얼마든지 있다.

중국인들은 이 불교 유교 도교의 가르침을 간단히 한 단어씩으로 줄여서 말하기를 좋아한다. 곧, 불교의 최종 목적지랄까 그 본질은 '견성(見性)'에 있고, 유교의 그것은 '명륜(明倫)'에 있으며, 도교의 그것은 '보명(保命)'에 있다고 말이다. 정말이지, 너무나 간단명료하지만 그 특성과 본질을 잘 드러내어서 좋다. 이토록 명료한 결론에 도달하기까지에는 수많은 세월 동안 수많은 사람들에 의해서 탐구와 논쟁이 있었음에 틀림없다. 그 증거가 되는 것이 바로 이들 삼교를 통합하려는 정치적 사회적 움직임이 있었다는 역사적 사실이고, 그 물증이 또한 고스란히 남아 있는데, 그를 단적으로 보여주는 것이 바로 중국 소림사에 세워져서 오늘날까지 전해지고 있는 '혼원삼교구류도찬(混元三教九流圖贊)'이라 하는 비석이다.

도교의 중요 교파(教派)로는 정일(正一)·전진(全真) 외 다수가 있으며, 조사(祖师)로는 황제(黄帝)·노자(老子)·장도릉(张道陵)·왕중양(王重阳) 등을 친다. 그리고 경전으로는, 도덕경(道德经)·남화경(南华经)·태평경(太平经)·삼동계(参同契)·포박자(抱朴子)·황정경(黄庭经)·운급칠첨(云笈七签)·도추(道枢)·진산체도통감(真仙体道通鉴)·도법회원(道法会元)·도장(道藏)·역대신선통감(历代神仙通鉴) 등이다.

도교 4대 성산(聖山)으로는 강서(江西) 용호산(龙虎山)·사천(四川) 청성산(青城山)·호북(湖北) 무당산(武当山)·안휘(安徽) 제운산(齐云山) 등을 치며, 중화오악(中华五岳)으로는 동악(东岳) 태산(泰山)·서악(西岳) 화산(华山)·남악(南岳) 형산(衡山)·북악(北岳) 항산(恒山)·중악(中岳) 숭산(嵩山) 등을 친다.

오악 가운데 중악 숭산(嵩山) 남쪽 사면 태실산(太室山) 아래에 유명한 도교사원인 '중악묘(中岳庙)'가 있는데, 내가 그곳을 방문했을 때에 노자의 인물상과 노자경이 도금되어 대형벽면에 새로이 조성된 것을 보았고, 신상 앞마다 놓인 소책자도 노자경이었음을 확인할 수 있었다.

이 중악묘는 진나라 때부터 처음 짓기 시작하여 송나라 때까지 계속해서 증축되어 왔다는데, 현재는 중화문(中华门), 요삼정(遥参亭)·천중각(天中阁), 배천작진방(配天作镇坊)·숭성문(崇圣门)·화삼문(化三门)·준극문(峻极门)·준극방(峻极坊)·대전(大殿)·침전(寝殿)·어서루(御书楼) 등으로 구성되어 있다.

'중화문'으로부터 좌우를 살피면서 쭉 걸어 들어가노라면 '대전' 앞에 높지 않은 정사각형 단(壇)이 있고, 그 가운데 사진에서 보는 바와 같이 '동서남북'이라는 글자가 한자로 써 있고, 그 중심에 구슬을 박아 놓은 것을 볼 수 있다. 이것은 도교(道教)에서 우주공간을 오방[五方 : 東·西·南·北·中]으로 파악하기 때문인데, 중국인은 자신들의 영토에서 이 오방을 상징하는 산들을 오래 전부터 정해 놓고 천제(天帝)나 산신(山神)께 제사를 지내는 등 신성시해 오고 있다. 뿐만 아니라, 그들 산에 가면 실제로 도교사원들이 적지 않게 조성되어 있다.

중악묘

특히, 이 오방(五方)은, 오행[五行 : 木·火·土·金·水], 오색[五色 : 青·黄·赤·白·黑], 오음[五音 : 宫·商·角·徵·羽] 등과 연계시켜서 인체 구조적 기능을 이해하고, 우주의 제 현상과 만물을 존재하게 하는 기본 원리로서 음양의 조화로운 작용을 나름대로 이해하였고, 그 음양의 조화를 부리는 실질적인 존재를 기(氣)로 판단했던 것 같다. 이는 우리의 선대(先代)도 마찬가지였는데 중국 도교의 영향을 받아왔기 때문으로 보인다.

사진은 중악묘에서 필자가 직접 촬영한 것으로, 구슬 위로 먼지가

중악묘 안에 천지의 중심을 표시하기 위해 박힌 구슬

잔뜩 쌓여 있었으나 필자가 입으로 불고 손가락으로 닦아내며 잠시 그 의미를 새겨보았었던 적이 있었는데, 그러고 나니 한 무리의 중국인 단체여행자들이 가이드와 함께 몰려와 그 구슬을 들여다보며

한참 떠들던 기억이 새롭다.

내 어렸을 적에 나의 어머니는 3남 2녀 자식들의 생일을 맞을 때마다 꼭두새벽에 일어나 시루떡을 찌고, 미역국을 끓이고, 김이 모락모락 나는 그 시루떡 한 가운데에 정화수 한 그릇을 올려놓고, 그것을 통째로 뒤란 장독대 큰 항아리 위로 올려놓은 다음, 양초에 불을 켜고 그 앞에서 두 손을 비비며 천지신명께 가족들의 무병장수와 복을 빌었었다. 그런 일로 지극정성이던 어머니는 세월이 흘러 어느 날부터 원불교의 일원상(一圓相) 앞에서 기도 기원했으며, 나중에는 십자가 앞에서 통성기도하며 빌기도 했었다. 그렇게 나의 어머니는 죽는 순간까지 가족들을 위해서 시루떡을 하고, 정화수 한 그릇을 정성껏 바치고, 법당에 나가 연등에 불을 밝히었으며, 늙어서는 거의 매일 새벽교회에 나가 성경을 읽고 찬송가를 부르고 기도를 드렸었다.

나는 지금도 그런 어머니를 생각할 때마다 눈시울이 붉어지고, 순박하게 믿고 따르며 정성을 바치던 어머니 삶의 본질을 의식하면서 슬퍼지는 것도 부인할 수 없는 사실이다.

2부

난저우[兰州] 시를 관류하는 황하(黃河)를 굽어보며 고개를 끄덕이다

황하(黄河:황허)는, 멀리 떨어져 공중에서 보면 중국 대륙 북부를 '几' 자 모양으로 흐르는데, 총길이가 5464킬로미터로 세계에서 다섯 번째로 크고, 중국 내에서는 두 번째로 큰 강(江)이다. 그 발원지는 티베트 북동쪽에 붙어있는 칭하이 성(青海省) 칭짱고원[青藏高原:칭짱가오위안]의 바옌카라[巴颜喀拉] 산맥 북쪽 사면 웨구쭝레[约古宗列] 분지(盆地)의 '마취[玛曲]'라 한다. 그러니까, 이 황하는 서쪽에서 동쪽으로 흐르되, 상류는 주로 헐벗은 산지(山地)이며, 중류는 평원과 구릉지대이고, 특히 황토고원지대를 지나면서 많은 토사를 쓸고 내려간다. 매년 16억 톤의 진흙과 모래를 하류와 발해 상으로 유입시킨다는데, 칭하이[青海]·쓰촨(四川)·간쑤(甘肃)·닝샤[宁夏]·네이멍구[内蒙古]·산시[陕西]·산시[山西]·허난[河南]·산둥[山东] 등 모두 9개 성(省)을 거쳐서 황해 위쪽인 발해(渤海)로 흘러들어간다. 정저우[郑州]·지난[济南]·난저우[兰州]·시닝[西宁]·타이위안[太原] 등의 도시들이 이 강을 끼고 발달해 있다.

그리고 황하는 많은 지류(支流)를 거느리고 있는데, 그 최대인 웨이허[渭河]는 톈수이[天水]·시안[西安]·셴양[咸陽]·관중평원 등을 관통하고, 그 웨이허 외에 헤이허[黑河:흑룡강 성 흑하 관통]·타오허[洮河]·황수이[湟水]·다헤이허[大黑河]·쿠예허[窟野河]·우딩허[无定河]·펀허[汾河]·뤄허[洛河:낙양을 관통함]·친허[浸河]·진디허[金堤河]·다원허[大汶河] 등이 있다.

중국인들은 이런 황하를 '민족의 젖줄'이라 하며, '중화문명의 발원지'라 여긴다. 그도 그럴 것이, 지금으로부터 5, 6000년 전의 신석기시대 유지 곧 홍흑색 화문채색토기[红黑色花纹的彩陶]와 마광석기(磨光石器)로 유명한 '양사오[仰韶] 문명'도 현 허난성(河南省) 멘츠(渑池) 현(县) 청베이(城北)에서 9킬로미터 떨어져 있는 양사오(仰韶) 촌(村)에 있고, 이보다 더 오래되었다고도 말해지는 '다디완[大地灣] 문명' 곧 지금으

난저우 시를 관통하는 황하와 황하철교

로부터 4900~8120년 전의 신석기 시대 유지가 텐수이 시에서 102 킬로미터 떨어져 있는 타이안(秦安) 현(县) 동북 우잉(五营) 향(乡)에 있질 않던가. 뿐만 아니라, 중국 제일의 선사시대 유지 박물관이 되어 있는 반파유지(半坡遗址)도 시안 부근에 있다.

사진은 황하 중상류에 해당하는 간쑤성의 성도인 란저우[兰州] 시내를 관류하는 황하의 모습인데 강물 빛이 누런 게 아니라 붉으며, 그 유속 또한 매우 빠르다. 나도 이 강변에 있는 공원 가운데 한 곳인 수차원(水车园:수이처위안)에 가보았었고, 케이블카를 타고 백탑산공원(白塔山公园:바이타산궁위안)에 올라갔다가 원나라 때에 처음 지었다는 백탑사를 구경하고 걸어 내려오면서 이슬람사원을 거쳐 황하철교(黄河铁桥:황허톄차오)를 건넜다.

수차원에 붙어있는 인근 공원에는 우리의 방갈로처럼 작은 방을 가진 건축물이 군데군데 세워져 있고, 그 주변으로 탁자와 의자들이 비치되어 있는데, 그곳에서 사람들은 휴식을 취하며 음식을 먹고 장기를 두고 보트도 타면서 나름대로 레저 활동을 하는 것 같았다. 특히, 동력보트야 강물 위에서라면 언제 어디서든 흔하게 볼 수 있는 것이지만 양(羊)의 속것을 다 빼어내고 그곳에 바람을 잔뜩 불어 넣어 부풀어 오른 성체 모양의 양 십여 마리를 엮어서 뗏목처럼 만든 배, 현지 말로 양피파즈[羊皮筏子]라 하는데 그것이 여전히 손님들을 기다리고 있었다. 당연히 양이 많이 방목되는 곳이기에 오래 전부터 그것을 수상교통 수단으로까지 활용해왔으리라 본다. 마치, 양이 많은 지역에서 양가죽을 종이처럼 만들어 '양피지(羊皮紙)'라 하여 써왔듯이 말이다.

이런 황하를 한 눈에 내려다보려면 백탑산공원으로 올라가는 것이 좋고, 강물의 유속이나 수질이나 이곳 사람들의 레저 활동을 체감해 보려면 황하철교 위나 인근 강변 공원으로 걸어 내려가는 것이 좋다.

나는 늘 서울에서 깨끗하게 단장된 한강 주변의 공원과 맑은 강물을 바라보다가 이곳 난저우에서 황톳물이 구비치는 황하를 바라보노라니 새삼 지구 한 덩어리 안에서 다양한 자연적 환경과 지리적인 조건들에 맞추어 살아가는, 적응력 뛰어난 우리 인간 삶의 위대함을 떠올리지 않을 수 없다. 산에 가면 의당 갖가지 나무와 풀이 우거지고 계곡에서는 맑은 물이 흘러내리는 것으로 알고 있었지만 나무 한 그루 풀 한 포기 자라지 못하는 돌과 모래가 흘러내리는 아주 척

백탑산 공원

양피파즈

박한 산도 있다는 사실을 알고부터 '산'이라는 명사 앞에 반드시 수식어를 붙여야 한다고 생각한 나는 강도 강 나름이라는 생각을 하게 되었다.

9

백두산 천지(天池) 말고 천지가 또 있어요

현재의 중국에서 보면, 천지(天池)가 한 곳이 아닌 두 곳에 있다. 하나는 우리가 잘 알고 있는 길림성 동남부 백산(白山) 시 경내에 위치한, 중국인들이 말하는 장백산(长白山) 천지이고, 다른 하나는 신장 위구르 자치구 창길(昌吉) 회족(回族) 자치주(自治州) 두강(阜康) 시 경내에 있는 천산(天山)의 천지이다.

장백산의 천지는, 우리가 '백두산 천지'라 부르는 곳으로 현재 북한과 국경을 이루고 있는데, 이 호수는 중국 내에서 가장 깊은 호수로 그 수심이 373미터이며, 쑹화[松花] 강의 발원지이고, 화산 폭발로 인한 분화구에 물이 고여 생긴 것으로 수면의 해발고도가 2,150미터이며, 전체적으로 보면 타원형으로 그 면적이 10평방킬로미터에 달한다 한다.

반면, 천산의 천지는, 천산 동단의 최고봉인 보거타[博格達: 5445미터] 봉의 고대 빙하가 돌 모래 진흙 등을 쓸고 내려오는 과정에서 형성되었으며, 수면의 해발고도는 1900미터이고, 호수면은 반달모양으로 총면적은 4.9평방킬로미터이며, 가장 깊은 곳은 105미터라 하고,

산궁[三工] 강의 상류인 셈이다.

나는 백두산의 천지를 두 번이나 올라갔으나 모두 문학 행사 차 5월에 방문했기 때문에 일기가 고르지 못하여 제대로 보지 못했었다. 한 번은 비바람이 너무 거칠게 몰아쳐 단 1미터 앞도 분간하기 어려웠었고, 다른 한 번은 안개가 너무 짙게 끼여 앞이 거의 보이지 않았기 때문이다. 그래서 두 차례나 올라갔었지만 천지의 전체적인 풍광을 제대로 느껴보지 못했다. 다만, 보글보글 솟아오르는 노천 온천수에 달걀을 삶아 파는 장백폭포 주변 사람들에 대한 기억과, 내가

천산의 천지 맑은 날과 흐린 날의 모습

묵었던 호텔 지하 목욕탕 안으로 끌어들인 그 온천수로 어느 노인양반과 단둘이서 목욕했었는데, 알고 보니 그 노인이 바로 호텔의 주인이었던 재일교포였다. 다음 날 아침, 뜻밖에도 그로부터 동시동화집 한 권을 선물 받았던 기억이 남아있을 뿐이다.

그리고 한 가지가 더 있다면, 백두산 자락에서 자란다고 하는 야생화 100여 가지가 따로따로 담긴 아주 자그만 비닐봉지 100장을 선물로 받아 10여 년이 다 되어가지만 아직도 작은 내 방 구석에 그대

로 보관하고 있다. 그곳에서 풍기는 향기가 얼마나 강한지 그 향내를 맡노라면 화산재가 흘러내리는 천지 자락 어딘가에 내가 홀로 걸터앉아있다는 착각을 곧잘 하게 하기 때문이다.

아참, 한 가지가 더 있다. 중국 연길에 사는 조선족 동포 문인들과 학자들이 백두산 관련 흩어져 있던 전설(傳說)들을 모아 한 권의 책으로 펴 내달라 해서 조건 없이 기꺼이 펴내준 적인 있지만 애석하게도 우리 한국 사람들이 도무지 관심을 갖지 않아서 중국에 보내고 남아있는 책들을 다 버리다시피 한 적이 있다. 나는 그 책의 원고뭉치를 읽으며 어색하고 생경한 용어들을 우리말로 바꾸고, 문장의 교정 교열을 보았기 때문에 그 전설모음집에 남다른 애정이 갔었는데 역시 이재(理財)에 밝지 못한 탓인지 돈만 버렸었다. 우리한국 사람들은 그저 입만 열면 백두산을 두고 '민족의 성산(聖山)'이니 '영산(靈山)'이니 하면서도 그 산에 대해서 깊게 사유하지 않는다는 생각이 들었었다. 그래서 백두산을 중심소재로 노래한 우리 시인들의 시 작

천산의 천지

장엄한 보거타봉과 천지

품 1일백여 편 이상의 자료를 가지고 있어도 방치해 놓고 있는 상황이다. 백두산 시집을 내어 놓는다 해도 역시 세상 사람들의 관심권 밖의 하찮은 물건에 지나지 않을 것이기 때문이다.

이렇게 백두산 천지에 대한 추억과 관심을 갖고 있는 내가 지난 해 여름 중국 신장성 성도인 우루무치를 베이스캠프 삼아 이곳저곳을 여행하다 보니 천산에도 천지가 있음을 알게 되었고, 그 천지를 직접 가보고서야 적잖이 당황스러워했던 기억이 있다.

나는 그 천지를 둘러보기 위해서, 7월 7일 아침 8시 30분에 숙소에서 택시를 타고 우루무치 시내에 있는 인민공원 북문으로 갔다. 물론, 그곳에서 출발하는 여행사 버스를 타기 위해서였다. 예정대로 관광버스는 북문을 출발하여 시내 곳곳에서 예약된 사람들을 태웠고, 중간에 쇼핑하라고 엉뚱한 약방(藥房)을 들렀었다. 우루무치 시에서 동북쪽으로 110킬로미터 정도 떨어져 있는데 2시간 30분 만에 천지 매표소에 도착했고, 대다수의 중국인들은 가이드 안내에 따라 단체

행동을 했지만, 나와 몇 사람은 개인행동을 했다. 따라서 개별적으로 입장권[170위안]을 사서 셔틀버스를 타고 호수가로 들어갔다. 구불구불한 포장도로를 따라 한 40여 분 내외는 족히 가는 것 같았다.

사람들은 모두 셔틀버스 종점에 내려서 걸어 천지로 간다. 대략 7~8분 정도 걸리는 짧은 거리이지만 가문비나무가 우거진 숲길을 따라 걸어가게 되는데 호수 쪽에서 불어오는 시원한 바람에 기분까지 상쾌해지는 것은 부인할 수 없다. 이내 호수가 시야에 들어오고, 좌우를 둘러보니 이미 먼저 온 사람들로 울긋불긋 북적거린다. 여기저기서 사진 찍는 사람들과, 묵묵히 호숫가를 거니는 사람들, 인근 폭포를 보러 서둘러 걸어가는 사람들과, 새로 지은 도교사원으로 가는 사람들(별도 입장료)과, 멀리 산 중턱쯤에 있는 도교사원[西王母廟]으로 힘들게 계단길을 걸어 올라가는 사람들(별도 입장료)도 있고, 유람선을 타고 호수를 가로질러 가는 사람들(별도티켓 구입)과, 모래사장이 드러난 곳에서 웨딩 촬영하는 젊은 사람들로 천지 주변은 한동안 북새통이었다.

호수 끝 멀리는 아직도 빙하를 이고 있는 보거타 봉이 제법 웅장하게 보이고, 양지바른 곳에서는 온갖 야생화들이 만발하고, 울창한 가문비나무 숲이 생기를 불어넣는 듯 호수의 물빛마저도 햇빛에 따라 조금씩 바뀌어 가는 듯했다. 주변의 우거진 삼림과 초원과 설산이 조화를 이루고 있다는 생각이 들었다.

이미 돌이킬 수는 없지만, 만약에, 다시 한 번 더 가볼 수 있는 기회가 내게 주어진다면, 그곳 초원에서 야영을 하거나 방갈로에서 하룻밤을 자고, 막 잠에서 깨어나는 이른 아침 그 천지의 기운을 온몸으로 느끼어 보고도 싶었다.

적막이 더해져서 더 뜨거운 화염산(火焰山)

세상에는 '화염산(火焰山)'이라는 이름을 가진 산이 다 있다. 산은 산이로되 불이 붙어있는 듯한, 아니, 불꽃이 이글거리는 듯한 산이라는 뜻에서 그런 이름이 붙여졌을 것이다. 이 화염산은 중국 신장 투루판[吐魯番] 분지 내에 있는데, 동서로 길게 뻗어있으며, 그 길이는 100킬로미터에 달하고, 그 폭은 대략 5~8킬로미터 정도이며, 평균 해발고도는 500미터 내외라 한다. 현지에 주로 살고 있는 위구르인들은 '붉은 산'이란 뜻의 '커쯔러타거[克孜勒塔格]'라 부른다.

자료에 의하면, 이 화염산은 중국 내에서 가장 뜨거운 곳이고, 여름철 최고온도가 섭씨 47~48도이고, 지표면 최고온도가 섭씨 70~80도에 달한다고 한다. 달걀까지도 삶을 수 있다고 말들 하는데, 적갈색의 암석과 붉은 모래와 흙 등으로 이루어진 화염산은 대부분의 지역이 풀 한포기 자라지 못하는 아주 척박한 환경이다. 육안으로 보기에도 온통 붉은 색이며, 짙은 곳은 적갈색을 띤다. 그래서 그 붉은 색 바탕에 진한 적갈색 줄무늬가 종으로 횡으로 박혀 있어 꼭 호랑이 가죽을 연상시키기도 하고, 괴기한 동물 형상을 띠기도 하

화염산의 모래언덕

화염산

포도구

다. 게다가, 어떤 곳은 골과 주름이 쭈글쭈글 많이 진 상태라서 멀리서 바라보면 황토(黃土)로 이루어진 낮은 산들이지만 불에 구워진 것 같은 벽돌처럼 아주 단단해 보이기도 한다. 그런가 하면 아주 고운 붉은 모래산도 있다.

그러나 신기하게스리 지각운동으로 인한 지층 단열(斷裂)과 지하 물길이 끊기어서[河水切割] 물이 흐르는 계곡이 있기도 하다. 이를 중국인들은 '구곡(沟谷)'이라고 한다. 바로 그 물이 흐르는 곳에서는 초목이 자라고, 그 물길로써 사람들은 포도나 목화나 하미과 등을 재배하고, 가축을 사육하기도 한다. 도아구(桃儿沟), 목두구(木头沟), 토욕구(吐峪沟), 연목비구(连木沁沟), 소백구(苏伯沟) 등이라 이름 붙여진 곳들이 바로 그러한 곳이다. 나는 이들 가운데에서 유명한 백자극리극천불동[柏孜克里克千佛洞]이 있는 목두구(木头沟)와, 위구르인들의 천년 고택들과 천불동이 있는 토욕구(吐峪沟)와, 포도농원으로 별천지를 이루고 있는 포도구(葡萄沟) 등을 가 보았다. 한 마디로 말해, 물이 있는 곳에 초목이 자라고, 사람이 살고, 생명이 번창할 수 있다는 상식적 사실을 확인할 수 있는 곳들이다. 그러한 곳들을 여행하다보면 사람의 손이 얼마나 위대한지를 새삼 느낄 수 있다. 물길을 이리저리 끌어들여서 사막 같은 황무지를 농토로 일구어 살아가기 때문이다. 그런 지역을 우리가 '녹지(綠地)' 내지는 '초지(草地)'라 한다면 중국인들은 '녹주(綠州)'라 한다.

6월이었지만 아주 건조한 날씨에 폭염으로 콱콱 숨이 막히는 듯하다. 흙으로 지은 집들이 모여 있는 마을에도 거의 사람이 보이지 않는다. 가끔 포도건조장이 눈에 띈다. 인적이 드물고 폭염이 내리쬐는 화염산은 아주 깨끗해 보인다. 그 속으로 나아가 걷기라도 한다면 금세 뜨거운 열기가 살갗을 파고들고 땀이 난다. 배낭 속에 휴대한 냉수조차 곧 미적지근해지고 마는 정도의 더위다. 나는 임대한 승용차로 편하게 이 지역을 두루 이동하였지만 반팔 차림에 토시와 목수건을 두르고 모자와 선글라스까지 착용하여 무장한 사람처럼 다녔다. 이곳에 있는 고창고성(高昌古城)을 뙤약볕 속에서 두어 시간 걸어서 둘러보았는데 얼마나 많은 땀을 흘리고 무더위에 지쳤는지 식당에 들어가 주문한 음식이 나오기 전에 2리터들이 주전자에 든 차를 다 마실 정도가 되었었다. 그것도 배낭 속에 휴대한 물까지 다 마신 뒤였으니 얼마나 갈증이 나는 무더위였는지 가히 짐작이 되리라 본다.

오승은(吳承恩 : 1500~1582)

이곳 화염산의 이야기는, 내가 어렸을 때에 만화를 통해서 흥미진진하게 읽거나 라디오 방송 연속극으로 들었던, 중국 명대(明代) 말 걸출한 소설가

숨 막히는 화염산의 적막

오승은(吳承恩: 1500~1582)의 대표작이자 중국 4대 고전 가운데 하나인 『서유기(西遊記)』에서도 나온다. 곧, 삼장법사 일행이 불경을 구하러 인도에 갈 때에 이곳을 지나가야 했던 모양인데, 그때도 날씨가 너무 무더워서 모두들 파김치가 되어 가는 상황이었다. 바로 그 때 손오공(孫悟空)이 철산공주(铁扇公主)의 파초부채[芭蕉扇]를 세 차례나 빌려서 우마왕(牛魔王)과 싸우던 얘기가 그냥 나온 게 아니었음이 이해된다.

지금 내 눈에 비친 한낮의 화염산은, 높고 파란 하늘 아래에 있는 거대한 불구덩이 속에서 막 구워져 나와 펼쳐지는 듯한 열기가 느껴진다. 게다가, 움직이는 것이라고는 아무것도 없다. 사람도 동물들도 눈에 띄지 않는다. 그저 아스팔트 포장도로 위를 달리는 자동차나 트럭 행렬이 간혹 있을 뿐이다. 뜨겁게 달구어진 지표면에서 피어오르는 열기만이 꿈틀거리며 솟아오르는 아지랑이가 꼭 뱀처럼

어지럽게 춤을 춘다. 그 아지랑이 속으로 바라보는 용 같은 화염산은 열기만큼이나 뜨거운 적막을 품고 있다.

북송 때에 관리였던 王延德(왕연덕)이란 사람도 일찍이 이곳의 뜨거움과 적막을 느꼈던 모양인데, 그는「高昌行记(고창행기)」에서 이 화염산을 두고 "저녁이 되자 화염은 횃불과 같고(至夕火焰若炬火), 새나 쥐까지도 다 붉게 보이는(照见禽鼠皆赤)" 곳으로 묘사했다.

정말이지, 눈을 들어보면, 세상이 온통 붉고, 뜨겁고, 움직이는 것 하나 없는 적막한 민둥산뿐이다. 그것은 한 폭의 낯선 그림으로서 적막이 녹아 흘러내리고 있는 것만 같았다.

11

사막(沙漠)의 진정한 아름다움이란 무엇일까요?

나는 개인적으로 사막(沙漠)이 없는 나라에서 태어나 살고 있기 때문인지 그 사막에 대한 호기심이랄까 막연한 그리움을 품고 있었다. 그래서 실제로 여러 나라를 여행하면서도 사막을 빼놓지 않고 가서 걷고 낙타를 타고 더러 4륜구동 자동차로 이동하면서 모래언덕을 오르내리며 뒹굴고 땀 흘리기를 좋아했었다.

그동안 내가 직접 둘러보았던 사막만 해도, 세계에서 제일로 크다는 북아프리카 사하라 사막과 열 번째로 큰 시리아 사막과 그 외에 인디아 · 요르단 · 이스라엘 등에 있는 크고 작은 사막들을 둘러보았으며, 그곳에서 더러 야영을 하기도 했었다. 그리고 이번 중국 실크로드 여행 중에서도 세계에서 아홉 번째로 큰, 신장지구 남부에 있는 타클라마칸[塔克拉玛干] 사막과 준거얼[准噶尔] 분지(盆地) 중앙에 있는 중국 내에서 두 번째로 크다는 구얼반퉁구터[古爾班通古特] 사막을 눈이 아프도록 구경할 수 있었다. 그러나 죽음의 땅처럼 보이지만 사시사철 조석으로 변하는 사막의 살아있는 풍광을 온몸으로 느껴보지 못한 점이 아쉽다. 물론, 그러려면 사막에서 일 년 열두 달은 살

사막의 이모저모·1

아야 한다.

'사막(沙漠)'이라 하면, 대개 지표면이 모래로 덮여 있고, 강수량이 아주 적고, 대기가 건조하여 식물이 거의 자라지 못하는 황무지를 말한다. 그래서 그 대부분은 모래평원과 모래언덕으로 이루어져 있는데 그 밑으로는 암석이 있지만 드물게 염전이 있기도 하다.

그러한 사막은 강수량이나 기온의 변화 등 기후가 그 직접적인 생성원인이 되지만 지나친 벌목(伐木)이나 방목(放牧) 등도 그 이유가 될 수 있다. 거시적으로 보면, 인구증가와 인간의 지나친 욕구충족활동으로 인해서 지구상의 사막이 점점 확대되어 가고 있는 게 현실이다. 뿐만 아니라, 사막 가운데에 있던 오아시스의 물조차 이미 고갈되었거나 빠른 속도로 메말라 가고 있는 상황이다. 그래서 지구 사막화를 우려하고 경계하며, 그 방지를 위해서 다 함께 노력하자는 한 목소리를 내기도 한다.

나는 화성(火星)에서 전송되어 온 지표면 사진들을 유심히 들여다보면서 먼 미래의 지구를 생각했었는데, 만약 지구 전체가 화성처럼 황량한 자갈사막이 된다면 생명체에겐 정말이지 끔찍할 일이 아닐 수 없다. 그러잖아도 시간이 흐를수록 태양이 점점 커져서 지구와의

거리가 줄어듦으로 인해 지구상의 모든 물이 증발되고 나면 통째로 사막이 되었다가 결국에는 태양 속으로 빨려 들어가고 마는 운명이기에 지구 사막화를 피할 수는 없겠지만 그것은 아주 멀고 먼 미래의 태양계 일이다.

아무튼, 현 지구상의 사막도 여러 성상(性狀)이 있긴 하지만 그들 가운데 모래사막 위에 서면, 이 많은 모래들이 다 어디서 왔을까 하는 궁금증이 생기면서, 끊임없이 바람이 쌓아 놓은, 높고 낮은 모래 언덕들과 그 능선들과 그 골짜기들과 그 평원과 그 낭떠러지 앞에서 느끼게 되는 '지극한 아름다움'을 외면할 수 없을 것이다. 그 많은 모래들이야 수수만년에 걸쳐서 암석들이 쪼개어지고 부서지고 마모된 것들이겠지만, 바람에 실려와 쌓이는 모래성만은 사람의 손이 쌓는 것과는 비교되지 않는, 아니 비교될 수도 없는 장엄함과 섬세함으로 우리의 숨을 멎게 한다.

그 숨 막히는 아름다움은 무엇에 기인하는 것일까? 그것을 말로 설명하기란 쉽지 않아 보인다. 생명이 살아남을 수 없을 것 같은 황량함 속에서도 살아 숨 쉬는 것들이 존재한다는 사실이 경이롭고, 시간조차도 정지해 있는 것 같은 적막함 속에서 느껴지는 일종의 두려움에도 있어 보이며, 검은 돌에서는 검은 모래 나오고 흰 돌에서 흰 모래가 나오고 붉은 돌에서는 붉은 모래 나오는 담백한 사실이 지배하는 깨끗함에 있는 것 같기도 하고, 바람의 보이지 않는 섬세한 손길이 마술처럼 부리어 놓는 모래성의 웅장함과 그 웅장함 속에 깃든 정교함에 있지 않을까 싶기도 하지만 나로서는 분명히 알 수 없고 표현할 수가 없다.

말로 표현할 수 없는 그 아름다움에 이끌리어 아주 고운 모래로

사막의 이모저모·2

만 이루어진, 그러나 아직 사람의 발길이 닿지 않은 성(城) 안에 들면, 정말이지 나는 알몸으로 뒹굴고 싶고, 그 고운 모래로써 나의 긴 머리까지 감고 싶어진다. 그런 깨끗한 모래성에 갇혀 한동안 뜨거운 햇살을 받으며 누워 있노라면 숨을 쉬고 있는 내가 곧 한 마리 도마뱀이자 거대한 적막의 껍질을 깨고 나오는 일개 미물(微物)이라는 사실도 깨닫게 된다.

보라! 죽음의 땅 같은 황량한 모래사막도 살아서 숨 쉬는 지구의 한쪽 등[背]이다. 나는 그 등에 업이거나 그의 목마를 타고서 한 순간 피었다지는 풀꽃에 지나지 않는다. 기원전에 팔십 평생을 살다 가신 부처님께서도 당신이 걸으셨던 갠지스 강변에 쌓였던 너른 모래사장의 모래들을 통해서 헤아릴 수 없이 긴 시간과 많은 인연과 중생의 생로병사를 떠올리며 영원히 변치 않는 절대적인 그 무엇을 생각하셨다.

혹, 세상 살기가 퍅퍅한 사람들은 특별히 시간을 내어 가까운 사막에 가 작열하는 태양빛 아래 서보시라. 불현듯, 그곳에서 백년도 한 순간임을 깨닫게 되면서 크게 위로 받을 수 있을지 또 누가 아는가.

아단지모 마귀성 앞에 서서 무슨 생각을 할 수 있나요?

텐수이[天水]에서 란저우[蘭州]로 기차를 타고 가는 중이었다. 소요시간이 약 4시간이 채 안 걸리는 짧은 거리이다. 중국 대륙을 여행하다 보면 이 정도야 그다지 긴 구간이 되지 못한다. 중국에서는 보통 기차를 타면 8시간 아니면 12시간도 좋고 24시간 심지어는 36시간과 그 이상도 타게 되는 경우가 있기 때문이다. 물론, 그래서 침대열차 중심이고, 사람들은 기차를 탈 때에 온갖 먹을거리를 싸들고 타며, 기차 안에서는 식사시간에 맞추어 끓인 물을 공급해 준다. 그러니까, 달리는 기차 안에서 때맞추어 식사를 하고, 잠을 자고, 화장실을 가고, 아침세수를 하는 것은 기본이다. 다 나라의 땅이 커서 생긴 문화이다.

나는 차창 밖으로 헐벗은 산과 계곡들이 많은, 낯선 바깥 풍경들을 바라보고 있었다. 왼편의 헐벗은, 가파른 산맥과 오른 편의 너른 황무지를 바라보며, 이게 다 바람에 실려 오는 황사의 근원지이고 붉은 황톳물이 흐르는 황하의 수원지일 거라고 생각했다.

그런데 갑자기 달리던 기차가 속도를 늦추더니 정차역도 아닌데

아단지모

그만 멈춰서고 만다. 유심히 창밖을 보니 엄청난 강풍이 몰아치고 있었다. 기찻길과 거의 평행선으로 도로가 나있었고, 도로 너머 한 쪽으로는 높고 낮은 산의 능선들이 이어져 있었다. 능선과 능선 사이 골이 깊은 한 돌출부 산허리로 강풍이 몰아치는지 그 산허리에서 초대형 화재가 난 것처럼 흙먼지가 요동을 치며 하늘로 솟구쳐 오르면서 퍼지고 있었다. 정말이지, 신기하게도 토네이도나 회오리바람처럼 그 끝이 이동하는 것은 아니었으나 산허리에서 황사를 동반한 강력한 바람이 생기어 토네이도처럼 계속 날아오르는 것이었다. 그러니까, 막 거대한 토네이도를 만들어내고 있는 것만 같았다.

한참동안이나 그런 광경을 지켜보고 있었는데 바람이 그만 시들해졌는지 엄청나게 크게 뚫려서 붉은 속을 다 드러내고 있는 산허리가 보인다. 나는 이 진기한 광경을 넋 놓고 바라보고 있었는데 산허리는 아주 깊숙하게 파헤쳐져 머지않아 두 동강이 날 듯 보였다. 물론, 오늘 단 한 번의 강풍으로 그렇게 된 것은 아닐 터, 오늘처럼 강력한 바람이 같은 방식으로 자주 불어 닥쳤다는 증거일 것이다.

이윽고 기차는 다시 서서히 움직이기 시작하는데 한참을 가더니 이제는 갑자기 하늘이 어두워지면서 거칠게 소나기가 쏟아진다. 그야말로 돌풍에 국지성 집중호우가 쏟아지고 있었다. 나는 미리부터 선반 위에서 배낭을 내려 덮개를 꺼내 씌우고 우산을 챙기는 등 부산을 떨었지만 동행인은 나를 보고 그럴 필요가 없다고 말한다. 곧 비가 개일지 모른다는 것이다. 아닌 게 아니라, 불과 한 시간 후 우리가 란저우 기차역에 내렸을 때에는 언제 그랬냐는 듯 하늘이 맑게 개어 있었다.

란저우 시내를 동서로 관류하는 붉은 황톳물의 황하를 황하철교 위에서 바라보노라니 이 강물이 왜 이리 붉은지 짐작할 수가 있었다.

동쪽인 시안[西安]이나 텐수이[天水]에서 서북쪽인 이곳 란저우[蘭州]로 오는 기찻길에서 사막화 되어가는 지형적 지질환경과 돌풍과 국지성 집중호우를 목격할 수 있었듯이, 이곳 간쑤성[甘肅省]에서 신장성[新疆省]으로 더 여행하다보면 사막[①塔克拉玛干沙漠 ②古尔班通古特沙漠 ③库姆塔格沙漠 ④柴达木沙漠 ⑤巴丹吉林沙漠 ⑥腾格里沙漠 ⑦乌兰布和沙漠 ⑧库布齐沙漠 등 중국 8대 사막 중 ①②③④]과 분지[①塔里木盆地 ②准噶尔盆地 ③柴达木盆地 ④四川盆地 등 중국 4대 분지 중 ①②③]가 많다. 그러니까, 자위관[嘉峪關] · 둔황[敦煌] · 하미[哈密] · 투루판[吐鲁番] · 무레이[木壘] · 기타이[奇台] · 창지[昌吉] · 커라마이[克拉玛依] 등의 인근지역에서는 수억 년에 걸쳐 비바람으로 침식작용이 계속 되어 깎아지르고 쓸려간 듯한 기이한 모양의 언덕이나 산들을 흔히 볼 수 있다. 중국인들은 이를 '土丘[토우치우]'라 부르지만 풀이나 나무 한 그루조차 제대로 자랄 수 없는 황량한 토성(土城)들이다. 물론, 석유를 비롯한 천연자원이 풍부한 것으로 알려져 있지만 바로 이를 두고 중국인들은 '아단지모(雅丹

오채탄

마귀성

地貌)' 또는 '마귀성(魔鬼城)'이란 말로 그 의미를 부여하면서, 오늘날은 관광지로 계발하여 사람들을 불러 모으고 있다. 특히, 하미[哈密]의 오보(五堡), 창지[昌吉]의 기대(奇台), 둔황[敦煌]의 아단(雅丹) 등은 매우 유명하다.

나는 둔황 여행 중에 아단지모 마귀성을 직접 가보고 싶었으나 날씨가 너무 무더웠고, 우루무치[烏魯木齊]에서 창지[昌吉]를 거쳐 그 유명한 오채만(五彩灣)과 커라마이[克拉玛依]의 마귀성을 볼 수 있겠다는 생각에서 포기하고 말았었는데 지나치고 보니 아쉽기 그지없다.

'아단(雅丹)'은 원래 위구르족의 말로 '깎아지른'이라는 뜻이며, '풍식롱조(风蚀垄槽)', '풍식척(风蚀脊)'이라고도 부르는데 오랜 기간 동안 풍화침식작용으로 그 모양새가 기이할 뿐 아니라 토질에 따라 그 색깔 또한 다채로워 보는 사람들의 상상력을 자극하기에 충분하다. 대개, 4~5미터 높이에서 10~20미터 높이, 그리고 100미터에 달하는 것들까지 그 크기가 다양하며, 단순한 사각형 기둥처럼 생긴 것들로부터 별의별 희한한 모양새로 다종다양하다.

황량한 사막 가운데에 있는 그것들을 바라보노라면, 새삼, 태양을 중심으로 일정한 거리를 유지하면서 돌고 도는 지구의 공전(公轉)으로 사계절이 부리어 지고, 스스로 매일 한 바퀴씩 자신의 몸을 굴리는 자전(自轉) 덕으로 낮과 밤을 부려놓아 이 땅의 만물을 양육시키는 지구 한 덩어리의 생명력에 감사하다는 생각이 불쑥 든다. 뿐만 아니라, 오랜 세월에 걸쳐 비바람에 깎이고 침식당하여 흘러내리면서 오늘의 기이한 모습을 보이고 있다고 생각하니 사람이 흉내 낼 수 없는 대자연이 빚은 걸작임에는 틀림없어 보인다. 이 순간도 변하고 있지만 그동안의 지각 변동으로 바다가 산이 되고 산이 바다가 되는 과정을 거쳐서 오늘날의 오대양 육대주가 만들어졌고, 그에 따라 기상의 변화로 너른 호수가 사막이 되고, 평지가 언덕이 되고, 바위가 부서져 모래가 되는 동안에도 각지에서는 인간 문명의 명멸이 수없이 이어져 왔으리라.

나는 그런 시간의 흐름 속에서 잠시 머물러 있지만 신장 우루무치 인근 창지에서 약 262킬로미터 떨어져 있는 오채만(五彩灣)과, 카라마이[克拉玛依]에서 약 100킬로미터 떨어져 있는 마귀성을 둘러보고, 나머지는 책으로 대신하는 것으로 만족할 수밖에 없었다. 사실, 중국 내에서 아단지모는 무려 2만 평방킬로미터가 된다는데 그 가운데 널리 알려진 곳들만 가 보기에도 심히 벅차기 때문이다.

혹, 기회가 된다면 아직 가보지 못한 아단지모 마귀성, 그 황량함 가운데에 서서 지구 생명에 전적으로 기대어 사는 인간 문명의 어제와 오늘을 통시적으로 바라보고 싶다. 그러는 과정에서 나 또한 소리 없이 늙고 병들고 죽어 사라지겠지만 말이다.

13

중국 신장 투루판의 '카나트'를 구경하다

지표수가 거의 없는 고온 건조한 지역에서 지하수를 생활 및 농업 용수로 쓰기 위해서 지하수로를 파고 관개시설을 만들어 이용하는데 이를 '카나트'라 한다. 이 카나트는 고대 이란에서 처음 시작되었는데 북아프리카 중앙아시아 중국 신장지구 등으로까지 전파 확대 발전되었다 한다. 그래서 '카나트[qanat]'라는 페르시아어가 파키스탄과 아프가니스탄에서는 카레즈(karez)로, 모로코에서는 레타라(lettara)로, 그리고 북부 아프리카에서는 포가라(foggara)로, 중국에서는 카레즈의 음차인 '칸징[坎儿井]'으로 각각 불린다.

중국에서 카나트 구축은 만리장성, 경항(京杭)대운하와 함께 고대 중국의 3대 역사(役事)로 치는데, 투루판의 카나트는 1,100곳이나 되며, 그 총길이가 5,000킬로미터나 된다 한다. 현재, 투루판 시에 가면 카나트 전형을 직접 둘러볼 수 있도록 박물관으로 꾸며 놓은 곳이 있다. 40위안을 주고 티켓을 끊어 들어가면 청포도 터널을 지나 지하로 내려가 물이 흐르는 수로와 관련 시설들을 직접 확인할 수 있다. 2000년의 역사를 지녔다는 이곳 투루판의 카나트의 원리나 현황 등을 소개하는 영문판과 중국어판 리플릿을 받아 볼 수도 있다.

투루판 분지는 겉에서 볼 때에 물 한 방울 없을 것 같은 지형지세인데 지하 수로에서는 물이 콸콸 흐르는 것이 신기하기만 하다. 주로, 멀리 있는 설산(雪山)에서 눈 녹은 물이 지하로 스며들어 물길을 낸다는 것인데, 바로 그 수맥(水脈)을 찾아 수직으로 파고 들어가서 웅덩이들을 만들고 그 웅덩이들 간에 지하수로를 연결하여 물이 증발 없이 흐르게 하고, 그 물을 필요한 곳으로 이끌어내 식수 또는 농업용수 등으로 사용하는 기술이 환경 탓인지 일찍부터 발달했던 것 같다.

투루판은 널리 알려진 대로 온난대(溫暖帶) 대륙성 건조지역으로, 높은 산으로 사방이 막혀 있지만 일조시간이 길고, 지열이 신속하게 오르는데 비해 아주 더디게 식는 분지(盆地)로서 기온이 매우 높을 뿐 아니라 일교차도 크며, 강수량이 적고, 바람이 많은 곳이다. 내가 방문했던 6월 초 낮의 최저 기온이 섭씨 23~24도이고, 최고기온이 섭씨 43도를 웃돌았으니 중국 내에서 가장 뜨거운 곳이란 말이 결코 빈말이 아님을 확인할 수 있었다. 해가 진 후 밤에 도심을 걸어도 후끈후끈한 열기가 숨 막히게 하는 곳이고, 아침에 일어나 거리를 거닐어도 달구어진 지열이 식지 않은 채 그대로 바짓가랑이를 타고 올라오는 정도였으니 가히 실감이 난다 할 것이다. 그래서 예로부터 '화주(火州)' 또는 '풍고(风库)'라 불리기도 했다는데 아무리 생각해보아도 농사지으며 살기란 결단코 쉽지 않은 곳이다. 그럼에도 불구하

카나트 지하물길

고, 오늘날까지 이 지역 사람들은 카나트를 이용하여 목화 포도 야채 등을 재배 수확하는 주산지로서 기적을 일구어왔고, 도시를 건설하여 여느 도시생활과 조금도 다르지 않게 살아가고 있으니 참으로 놀라운 일이 아닐 수 없다.

자연환경에 맞게 적응하며 살아가는 인간의 능력도 대단하지만 높은 산봉우리에 빙하나 만년설이 있어서 그것들이 녹아내리는 물이 크고 작은 호수를 이루고 강을 이루기도 하지만, 지하로 스며들어 인간의 기술 카나트를 만남으로써 온갖 생명을 양육시키는 데에 사용되는 대자연의 이치가 또한 심오하기 그지없다.

그러나 지구촌의 빙하가 점점 줄어들고 있고, 지하수나 사막의 오아시스조차 말라가는 형국이고 보면, 우리는 미래를 걱정하지 않을 수는 없다. 모든 생명체에 직접적으로 크게 영향을 미치는 것이 다름 아닌 물임에는 틀림없고, 그 물의 공급 정도에 따라 초지가 황무지가 되고 황무지가 사막이 될 수 있듯이 인간 문명의 번영과 쇠락을 결정하는 중요한 요소였음을 지구촌의 문명사가 잘 말해 준다.

따라서 지구촌의 환경변화에 민감하게 반응을 보이면서 대응해야 하는 것은 당연한 일이다. 특히, 물 관리 곧 치수(治水)가 우리 문명과 생활의 존립을 결정해주는 요소임을 잊어서는 안 될 것이다. 낯선 이곳 투루판 분지에서 녹지(綠地)를 일구며 살아가는 사람들의 구슬땀이 내가 짓는 문장(文章)보다 거룩하다는 생각을 불현듯 하며, 풀 한포기 자라지 못하는 이곳 화염산(火焰山) 계곡에서 재배되는 싱그러운 청포도를 먹으면서 나는 나의 보잘 것 없는, 문장 짓는 삶을 되돌아본다.

북방 유목민족의 초원문화를 반영한 암각화를 들여다보며

중국 신장성 성도인 우루무치까지 갔다면 그곳에서 서북쪽으로 약 38킬로미터 떨어져 있는 창지[昌吉]에 들러 인근 암각화(岩刻畵)를 둘러볼 필요가 있다. 그 가운데에서도 조금 멀리 떨어져 있지만 후투비[呼图壁] 현에서 서남쪽으로 83킬로미터 떨어진 췌얼거우[雀爾溝] 진에 있는 캉쟈스먼즈[康家石門子] 암각화는 인간종족번식과 관련된 생식숭배의식이 짙게 반영된 것으로서 유명하다.

대개, 암각화라 하면, 암석 표면에 어떤 의미를 내포하는 형상이나 도형이나 기호 등을 음·양각 등으로 조각하거나 채색한 그림을 말한다. 그에 대해 중국인들은 '암화(岩画)'라는 말을 주로 쓰지만 우리는 '암각화(岩刻畵)'라는 말을 즐겨 쓴다. 바위그림이 채색 위주로 되어 있다면 당연히 암화라는 말이 더 합당하겠지만 그렇지 않고서 암석 표면을 쪼고 새기어 조각 위주로 되었다면 암각화라는 말이 더 합당할 것이다.

분명한 사실은, 암벽에 그려지고 조각된 시기는 지역마다 다를 수 있지만 공히 문자(文字)가 만들어지기 전 선사시대 사람들의 의사소

통의 한 방식이었다는 것이고, 또한 오래 기억하고 싶고, 타인과 후손에게 전하고 싶고, 자신들보다는 전능하다고 생각되는 신(神)이나 자연(自然)에게 도움 받고 싶어서 기원하기 위해 그 내용을 그리고 조각했으리라는 점이다.

그렇다면, 선사시대 원시인들은 무엇을 기억하고 싶고[記念], 무엇을 전하고 싶고[記錄], 무엇을 기원하고[念願] 싶었을까? 그것은 당장 먹고 살아가는 일로서 먹을거리를 구하는 일이고, 자식을 많이 낳아 기르는 일이었을 것이다. 그래서 초원이 많은 북방 유목민족들은 수렵(狩獵)과 그에 따른 기쁨을 표현하는 무도(舞蹈)이고, 종족을 번성시키는 일과 관련된 생식(生殖)을 중요시 여겼을 것이다. 그런 탓인지, 암각화는 대개 일상생활과 그 속에서의 바람[願=欲求]이 주로 묘사되어 있다. 따라서 그 그림들의 소재는 어디까지나 '사람'이고, 사람들의 '활동'이며, 동시에 '동물'이다. 그것들이 매우 단순하고 사실적으로 그려져 당시의 생활상을 엿볼 수 있는 것들이 많다. 바로 이런 의미에서 암각화는 선사시대의 사람들이 남긴 인류문화유산이라 해도 틀리지는 않는다.

이러한 암각화는 중국에만 있는 것이 아니라 지구촌 곳곳에

암각화

널려 있다. 주로, 구석기시대로부터 청동기 및 철기시대에 걸쳐서 만들어진 것들이지만 크게 보면 유럽·아프리카·아시아 지역 등으로 대별해 볼 수 있다. 지구 전체적으로 보면 150여 개국에 산재되어 있다 하며, 아시아지역에서는 역시 고대문명의 발상지인 인도와 중국 등에 아주 많다. 우리나라도 없지는 않으나 국보 제285호로 지정된 반구대 암각화와 국보 제147호인 천전리 암각화 등이 널리 알려져 있다.

중국 신장지구 암각화는 매우 폭넓게 분포되어 있는데, 북쪽에는 창지[昌吉]·치타이[奇台]·무레이[木壘]·미췐[米泉]·후투비[呼圖壁]·위민[裕民]·퉈리[托里]·원췐[溫泉]·보얼타라[博爾塔拉]·이리[伊犁]·니러커[尼勒克]·아러타이[阿勒泰] 등에 암각화가 있고, 동쪽으로는 투루판[吐魯番]·하미[哈密]·바리쿤[巴里坤] 등에 있으며, 남쪽으로는 상주[桑株]·허텐[和田]·체모[且末] 등에도 있다.

이들 가운데 하나인 캉쟈스먼즈[康家石門子] 암각화는, 동서길이 14미터, 상하 9미터, 면적 120평방미터에 달하는데, 그 안에 든 그림들의 크기가 일정치 않고, 자세가 다른 인물상들이 무려 200~300개 정도나 들어있으며, 그 크기는 0.2미터에서 실제 사람보다 더 큰 것에 이르기까지 다양하다. 또한, 남녀가 함께 있으며, 서있거나 누워있는 모습이며, 옷을 벗었거나 입은 모습 등으로 다양하지만 매우 사실적이다. 적지 아니한 남자상은 생식기가 발기해 있고 심지어는 성교하는 장면까지 묘사되어 있다.

혹, 이 분야에 관심 있는 사람들은 전문가가 연구해 놓은 전문 서적을 구입하여 공부하면서 현장으로 가 확인해 보는 즐거움을 누릴 수도 있을 것이다. 그러나 그보다 더 중요한 일도 있다. 그것은 현재

캉쟈스먼즈[康家石門子] 암각화

우리의 암각화가 무엇으로 그려지고 새기어지는가에 대해 생각해 보는 일이다.

나는 이 암각화 앞에 서서 오늘을 살고 있는 여러분들에게 진실로 묻고 싶다. '여러분들은 이 암벽에 지금 당장 무엇을 그려 넣고 싶은가?'라고. 지금 무엇을 정성껏 능력껏 그리고 새겨 넣어 기념하고 싶으며, 무엇을 기록으로써 남기고 싶으며, 무엇을 간절히 기원하겠는가 말이다. 멀고 먼 옛날 바닷가에서 살던 사람들은 당대 최대의 관심사였던 고기 잡는 모습을 남기었고, 초원의 유목민들은 동물 사냥하는 모습을 새겨 넣어 오늘날까지 남기었듯이, 오늘을 사는 우리는 무엇을 돌에 그리고 새겨 넣어 수백 수천 년 후의 미래세대에게 남겨줄 것인가? 바로 그것을 다름 아닌 자기 자신에게 물어보는 것이 무엇보다도 중요하리라. 여행이란 그 자체에 목적이 있는 게 아니라 그것의 끝이 자신의 삶의 질적 변화를 가져다주는 데에 있기 때문이다.

15

초원(草原)에서의 힐링

나는, 세계에서 아홉 번째로 크고 중국 내에서는 제일로 큰 타클라마칸[塔克拉瑪干] 사막에서 구얼반퉁구터[古尔班通古特] 사막을 거쳐 서북부 초원(草原)으로 발걸음을 돌렸다. 숨 막히는 듯한 삭막한 사막지역을 여행하다가 초원의 초록과 연두 빛의 너른 들과 시원스런 구릉을 바라보는 것만으로도 내 온몸에서 휘발성 물질이 바람에 다 날아가는 것 같은 상쾌함이 느껴진다. 이미 농경지가 된 너른 들에서는 목화 · 포도 · 묘목 등이 재배되고, 높은 하늘 아래 구릉에서는 양(羊)의 무리가 한가롭게 풀을 뜯고 있다. 간혹, 몽골계 유목민들의 하얀 원형 천막집인 '게르'가 보이기도 하고, 그 주변으로는 드물게 말[馬]과 젖소들도 보이지만 오토바이나 차량이 서있기도 하다.

중국 전역의 초원은, 크게 동북(东北) 초원구, 몽닝감(蒙宁甘) 초원구, 신장[新疆] 초원구, 칭장[青藏] 초원구, 남방초산초파구(南方草山草坡区) 등 다섯 구역으로 나뉘는데 나는 운이 좋게도 신장 초원구를 부분적으로나마 여행할 수 있었다.

신장 초원구는, 북쪽으로 아얼타이[阿尔泰] 산과 준거얼[准噶尔] 산으

그림 같은 초원·1

로 시작해서 남쪽으로 곤륜산(昆仑山)과 아얼진[阿尔金] 산 사이에 펼쳐져 있는데, 대체로 건조하고 비가 적게 오는 곳이 많지만 빙하가 녹아 흐르는 물이 있기 때문에 초목이 잘 자란다. 목초로는 양모(羊茅)·호모(狐茅)·압모(鸭茅)·태초(苔草)·광작맥(光雀麦)·차축초(车轴草) 등이 자란다 하며, 목축되는 동물로는 신장세모양(新疆细毛羊)·삼북고피양(三北羔皮羊)·이리마(伊犁马) 등이 있다.

신장[新疆] 초원구를 여행하려면, 규툰[奎屯]·보레[博樂]·이비후[艾比湖]·쟈오수[昭蘇]·호우청[霍城]·공류[鞏留]·신양[新源]·터커시[特克斯]·니러커[尼勒克] 등의 현(우리의 '면'에 해당함) 단위 마을로 가야 한다. 특히, 이리(伊犁) 하곡(河谷)의 터커시[特克斯] 현 경내에 있는 카라준[喀拉峻] 초원은, 강수량이 비교적 풍부하고 토질이 비옥하며 기후가 서

그림 같은 초원·2

늘하여 목초가 생장하기에 매우 적절하며 그 질이 또한 우수하다 한다. 고개를 들어보면 병풍처럼 펼쳐진 천산산맥의 높은 봉우리마다 만년설이 굽이굽이 펼쳐져 꽤나 웅장하게 보이고, 그 밑으로는 초목과 야생화들이 펼쳐진 언덕과 구릉의 골짜기 모습들이 꼭 한 폭의 그림만 같다.

서늘한 기후 탓일까, 아니면 사람이 드문 고적함 탓일까, 아니면 초록빛깔의 생명력 넘치는 지기(地氣) 탓일까. 이곳에 잠시 서있노라면 꼭 딴 세상에 와 있는 기분이 든다. 특히, 맑은 호수가 곁에 있고, 온갖 야생화들이 지천에 널려 있는 언덕에 앉아 잠시 생각하노라면, 내가 꼭 「아미타경」이나 「칭찬정토불섭수경(稱讚淨土佛攝受經)」에 묘사된 '천상(天上)의 세계'에 와 있는 듯한 착각을 하게 된다. 비록, 호수

그림 같은 초원·3

에 수레바퀴만한 일곱 빛깔의 연꽃이 없고, 땅이 순금으로 되어 있지는 않지만 그곳 천상의 세계에 있다는 것들은 거의 다 있어 보인다. 지저귀는 새도 있고, 바람도 있고, 맑은 호수도 있고, 꽃들도 있고…. 이들이 어우러진 풍광 속에서 잠시나마 근심걱정을 다 잊어버리고, 한 마리 작은 나비처럼 내 마음이 가볍게 날아다니는 것이 별천지가 아니고 무엇이랴. 오로지 대자연의 장엄함과 때 묻지 아니한 청정함이란 공덕이 있기에 한량없이 즐거운 '극락(極樂)'이라 해도 크게 틀리지 않으리라.

나는 한참이나 초원에 누워서, 하늘에서 내려오는 꽃들의 아름다움과 향기에 취하고, 하늘에서 내려오는 신묘한 노랫소리를 들으며, 이대로 깨어나지 않아도 좋다는 생각을 하면서, 지금 내가 타고 있

그림 같은 초원·4

는, 이 '지구(地球)'라는 아름답고도 외로운 행성을 떠올려 본다. 육지가 있으면 바다가 있고, 산이 있으면 강이 있고, 사막이 있으면 초원이 있는, 이 한 덩어리의 지구 생명체가 가지는 뜨거운 심장과 그의 움직임이 고마울 따름이다. 아니, 그의 자공[자전과 공전]으로 사계절을 부리고 낮과 밤을 부려 놓아 수많은 생명들을 양육시키는 어머니의 품 같은 세계에 안겨서 눈을 감으니 그 아늑함 속에서 두근거리는 내 작은 심장 소리도 들을 수 있다. 어쩌면, 내 생의 끝자락은 이 같은 초원에서 풀꽃처럼 흐드러지게 피었다가 언제 그랬냐는 듯 사라지는 불꽃이 아닐까 싶기도 하다만 알 수 없는 일이다.

그림 같은 초원·5

---

*초원에서 자라는 풀들의 이름을 우리말로 바꾸지 못하고 중국에서 사용하는 용어 그대로를 옮겨 놓았다. 물론, 나의 무지 탓이다.

3부

16

마도비연(馬跳飛燕)이란 게 도대체 무엇이지요?

중국 간쑤성[甘肅省]의 성도인 난저우[蘭州] 기차역 광장이나 시내에 있는 성 박물관에 가면 '마도비연(馬跳飛燕)'이라는 아주 생소한 이름의 조형물이 세워져 있고 전시되어 있다. 물론, 인근 도시인 자위관[嘉峪關]에서도 나는 여행 중에 같은 조형물을 보았었는데, 이는 날아가는 작은 제비를 밟고서 더 빠르게 뛰는, 소위 천리마의 위용(威容)을 형상화한 것이다.

처음에는 단순히 '힘차게 뛰어가는 빠른 말이겠지' 라고 생각했었는데, 자세히 보니 말의 뒷발굽 밑에 작은 제비 한 마리가 깔려있었다. 그 제비는 상대적으로 몸집이 워낙 작아서 한눈에 지각되지는 않았지만 조형물의 제목인 '馬跳飛燕(마도비연)'이라는 말[言]이 암시해주듯이 날아가는 제비였던 것이다.

세상에 아무리 낮게 나는 제비일지라도 그를 밟고 뛸 정도의 빠른 말이 있겠는가마는 말[馬]이 긴요했던 시절, 사람들이 그 말에 기대고픈 꿈이자 바람이 투사되었을 것이다. 특히, 고대사회에서는 말이 곧 중요한 교통 및 통신수단이었고, 전시(戰時)에는 군인들의 기동

마도비연(馬跳飛燕)

력을 결정해 주는 아주 중요한 수단이었다. 그래서 그놈의 말없이는 전쟁을 할 수도 없을 뿐만 아니라 광활한 중국 천하를 통일하고자 하는 꿈조차 꾸지 못했을 것이다. 그만큼 말의 역할 곧 힘이 실질적으로 컸던 것이리라. 물론, 동시대에 지구촌의 다른 지역인 인도나 태국이나 캄보디아 등에서는 그 말 대신에 코끼리[象]가 그 자리를 차지했었지만 말이다. 어쨌든, 중국인들은 말로써 천하를 통일했다 해도 크게 틀린 말은 아닐 것이다.

그런 탓인지, 중국 사람들은 예로부터 뛰어난 능력을 가진 말에 대하여 유별난 집착을 보여 왔다. 주변국들에게 조공(租貢)으로 말을 요구한 것이나, 문장 속에서 전해지고 있는 말의 양태와 기능에 대한 갖가지 과장된 표현들이 잘 말해 준다고 본다.

그들 말대로 '날아가는 제비를 밟고서 더 빠르게 달리는 말'을 상상해 보라. 그런 말이 현실적으로야 존재할 수 있겠는가마는 자신들의 진취적인 기상이나 욕망이나 꿈 등을 그 말에게 투사시키고 이입시켜서 형상화했던 것으로 판단된다. 이런 의미에서 본다면, 말은 간쑤성 사람들의 내면의 욕망이 겉으로 드러난 상징적인 아이콘이나 다를 바 없다고 본다.

이처럼 과거의 사람들이 빨리, 오래 달릴 수 있는 건강하고 멋진, 그러면서도 아주 잘 생긴 말을 갖고 싶어 했다면 오늘날 사람들은 그 말 대신에 무엇을 갖고 싶어 하는 것일까? 그야 사람마다 다르겠지만 굳이 일반적인 예를 들자면, 가장 빠르게 달릴 수 있고 가장 세련된 모양을 갖춘, 기능과 디자인 면에서 뛰어난 세계적인 명차(名車)를 갖고 싶어 할 것이다. 우리라고 해서 다른 것은 아니지만 실제로 '어떠한 자동차를 소유하고 있느냐'가 우리의 경제적인 능력을 평가하는 척도가 되기에 다들 능력이 안 되어도 좋은 차를 소유하려고 발버둥을 치지 않는가.

여하튼, 과거 마구간의 말과 오늘날 주차장의 자동차는 우리 인간의 욕망을 반영하고 있는, 부와 권력과 능력을 상징적으로 드러내주는 시대의 아이콘으로 여겨도 크게 틀리지는 않으리라. 그렇다면, 당신의 선조께서는 과거에 어떤 말을 소유하고 있었는가? 아니, 요즈음 당신은 어떤 자동차를 타고 다니는가? 중국인들의 마도비연에 해당하는, 기상천외할만한 자동차를 타고 세상을 누벼야 하지 않겠는가? 우리 손으로 만든 자동차로 중국 대륙 구석구석을 누비고, 나아가 중앙아시아나 시베리아를 거쳐 유럽으로, 아프리카로, 아메리카로 종횡무진 돌진하는 것이 '신 실크로드'라고 생각해 보라. 가슴이 뛰지 않을 수 없다. 간쑤성 박물관 안 마도비연 조형물 앞에 서서 나는 잠시 신 실크로드를 상상해 본다.

하필, 징그러운 뱀의 몸에 사람 머리인 인수사신(人首蛇身)이라

중국에서 가장 낮고 가장 뜨거운 곳인 '투루판[吐魯番]'이란 곳에 가면, 우리말로 '고창고성[高昌古城:가오창구청]'과 '아사탑나고묘구[阿斯塔那古墓區: 아스타나구무취]'라고 하는 유적지를 구경할 수 있는데, 이곳에 대한 역사와 문화사를 모른다면 사실, 아무런 재미가 없는 곳이다. 그저 청포도가 많이 나오는 곳인지라 여행자들에게 청포도 한 송이씩 건네며 첫인사를 나누는 곳이자, 신장성의 성도인 우루무치로 가기 전에 낯선 위구르인들을 많이 볼 수 있는 곳이고, 화염산의 열기를 직접 체감해볼 수 있는 곳으로 기억될 것이다.

나는 이곳 잘 단장된 박물관에서 보았던 비단조각에 그려진 '이상한 그림' 한 점과 그 그림 속 내용을 형상화시킨 듯한 아스타나구무취라고 하는 공동묘지 안의 조형물에 대해서 딱딱한 얘기를 좀 하고자 한다. 재미없고 딱딱한 얘기라면 다들 고개를 돌리겠지만 그래도 나는 해야겠다.

여러분들이 그 가오창구청 사람들의 아스타나구무취 안으로 입장권[20위안]을 끊어 들어가면 커다란 돌 조형물과 마주치게 되는데, 그것은 두 마리의 뱀이 징그럽게 꼬인 듯 보이며, 그 머리는 남녀의 사람 얼굴이 서로 다정스럽게 마주 보고 있는 모습이다. 저 이상하게 생긴 인수사신(人首蛇身)은 과연 무엇일까? 하필, 징그러운 뱀의 몸을 지닌 사람의 얼굴이 마주보고 있다…? 솔직히 말해, 나는 이때까지만 해도 그것의 정체를 전혀 알아차리지 못했었다.

투루판 여행 마지막 날, 시내에 있는 '투루판박물관'[무료]에 갔었는데 바로 그곳에 전시되어 있는, 비단 위에 그 이상한 모양을 그려 넣은 그림 한 점을 볼 수 있었다. 그 그림을 보는 순간, '어, 어제 본 돌 조형물과 똑 같은 것이네….'하며 공동묘지에 세워졌던 조형물의 원형일 것이라는 직감이 스쳤다. 그렇다. 나의 직감은 틀리지 않았다. 가오창구청의 국립공동묘지라고 할 수 있는 아스타나 구무취에 있던 한 귀족의 무덤에서 발굴되었다는 것인데, 그 돌 조형물의 원형인 것이다.

복희여와견상(伏羲女媧絹像)

그림의 제목에서 보듯이 비단위에 그려진 사람은 '복희(伏羲)'와 '여와(女媧)'의 모습이다. 그렇다면, 복희와 여와는 또 누구란 말인가? 이들이 얼마나 중요하면 고대(古代)에 죽은 이가 그림으로나마 무덤 속에 간직하고자 했으며, 오늘날 조형물로 세워 그들의 정신적인 내면을 만천하에 드러내어 보이겠는가?

나도 후에 공부해서 알게 되었지만, 복희(伏羲)는, 중국 구석기 시대에 텐수이[天水]에서 태어난 것으로 알려져 있으나 정확한 생멸 시기를 알 수 없는 인물이다. 그는 중국인들의 인문(人文) 시조(始祖)로서 밀희(宓羲)·포희(庖牺)·포희(包牺)·복희(伏戏)·희황(牺皇)·황희(皇羲)·태호(太昊) 등으로 불리며, 사기(史記)에서는 '복희(伏牺)'라 기록되어 있다. 그로 말할 것 같으면, 중국 고서(古書)에 가장 먼저 기록된 왕으로서, 중국 의약(醫藥)의 시조이며, 사람 머리에 뱀의 몸[人首蛇身]으로 되어 있었다는데, 손아래 누이인 여와(女娲)와 결혼하여 자녀를 낳아 길렀다 한다. 근친 결혼하여 자손들을 퍼뜨린 중국인들의 조상인 셈이다.

그리고 그는 천지만물의 변화에 근거하여 점치는 팔괘(八卦)를 창제하였고, 문자를 창조하였으며, 어로(漁撈) 수렵(狩獵) 농사법 등을 가르쳤고, 악기[고대 현악기] 및 악보 등을 최초로 제작했다 하며, 왕으로서 111년 동안을 통치했다 한다. 그런 그의 무덤은 '태호릉(太昊陵)'이라 하여 허난성[河南省] 회양현(淮阳县)에 있고, 그를 기념하는 사당[廟]은 텐수이 시 복희성(伏羲城) 안에 있다.

이런 복희에 대한 무한한 신뢰와 존경이 오늘날 중국 사람들로 하여금 그의 사당[祀廟]을 짓게 하고, 그의 무덤을 단장 정비하게 하였으며, 그와 관련된 조형물을 만들어 세움으로써 그의 존재 의미를 기념하게 되는데, 나는 그 기원을 뜻하지 않게 이곳 투루판에 와서 확인하게 되었다. 그것도 기원전에 세워져 14세기에 멸망하기까지 약 1300년 동안에 걸쳐 고창군(高昌郡)·고창왕국(高昌王国)·서주(西州)·회골고창(回鶻高昌) 등의 이름으로 그 주인이 여러 차례 바뀌어 온 가오창구청 사람들의 국립공동묘지였던 아스타나구무취에서 말

천수 시 복희성 안에 있는 복희묘 바깥 광장 회랑에 전시된 복희 씨 그림을 필자가 직접 촬영한 것임

이다.

그런데 왜, 중국인들은 자신들의 시조인 복희의 하반신을 뱀이었다고 상상하였을까? 혹시, 뱀이 인류보다 먼저 존재해 왔고 더 큰 힘을 지녔다고 믿었던 것은 아닐까? 하긴, 원숭이가 자신들의 조상이라고 믿는 티베트인들이 있어서 오늘날 진화론을 믿는 사람들이 한때 흥분했었다지만 그 원숭이나 그 뱀이나 호랑이나 악어나 할 것 없이 다 고대인들의 같은 심리적 기저에서 나온 것이리라고 나는 생각한다. 사실, 우리라고 해서 별반 다른 것도 아니지 않는가. 하늘에

서 내려온 환웅(桓雄)이 땅에서 사는 곰이 변하여 된 웅녀(熊女)와 결혼하여 낳은 단군(檀君)을 우리는 우리의 시조로 받아들이지 않는가. 다 인간의 상상력에 의해서 만들어진 신화(神話)일 따름이리라.

위 그림은, 천수 시 복희성 안에 있는 복희묘 바깥 광장 회랑에 전시된 것으로서, 그림 안의 복희씨는, 인수사신이 아니라 건장한 4, 50대 근육질 남자로서 머리와 수염을 기르고 있고, 나뭇잎을 엮어 만든 치마를 걸쳤으며, 커다란 나뭇잎 목걸이를 목에 두른 모습으로 높은 바위인지 고목(古木)인지에 걸터앉아 있다. 그의 진한 눈썹과 날카로운 눈매는 무언가를 노려보고 있는 듯하나 멀리 바라보고 있고, 그 곁에는 노송과 꽃들이 어우러지고, 사슴 두어 마리도 편안하게 배를 깔고 누워있다. 그리고 복희씨 뒷면으로는 천지의 조화가 부려지는 것처럼 여러 가지 괘(卦)가 희미하게 돌고 있는 모습이 후광처럼 처리되어 있다.

이 그림을 찬찬히 들여다보노라니, 예전에 어느 책에서 보았던, 풀잎으로 옷을 만들어 입히고 딱딱해 보이는 나무의자에 근엄하게 앉아계시던, 우리의 단군(檀君) 초상화가 생각난다. 그렇다! 중국인들에게는 복희가 있지만 우리에게는 단군이 있다. 복희가 백성들을 위해서 문자를 만들고, 어로 수렵 및 농사법을 가르치고, 음악과 의술을 최초로 펼쳤다고 중국인들이 말하듯이, 우리는 단군이 나라를 세우고 홍익인간(弘益人間) 정신으로 백성들을 위해서 무려 1500년 동안이나 널리 선정(善政)을 베풀었다고 말한다. 다 같은 심리적 기저에서 나온, 상상력으로 만들어지고 꾸미어진 이야기이리라.

우리 인간은 너나할 것 없이 개인적으로 혹은 집단적으로 자신의 뿌리를 밝히고 싶어 하며, 그 뿌리에 대해 최대한의 긍정적인 의미를 부여하고 싶어 하는 동물이다. 극단적으로 말해서, 지구상의 모든 민족의 개국 신화가 말해 주고, 자신의 개인사적 뿌리 찾기에 목숨을 건 사람들이 왕왕 나타난다는 사실이 잘 말해주리라 본다. 아니, 집집마다 가보처럼 보관해 오던 족보를 중히 여기던 우리 선대의 삶이 말해 준다. 오늘날에는 유대인의 뿌리인 아담과 하와를 우리 뿌리인 양 믿고 사는 정신 나간 사람들도 적지 않지만 말이다.

18

종(鍾)을 뒤집어 놓은 것 같은 저것이 대체 무엇이지요?

중국 신장성 내 '투루판[吐魯番]'이라는 도시에 가면 '아스타나[阿斯塔那] 고묘군(古墓群)'이라고 이름 붙여진 묘지 군(群)이 있는데, 겉보기에는 헐벗은 야산을 경작지로 바꾸기 위해서 정리하다가 중도에 그만 둔 것 같은 울퉁불퉁한 대지가 있다. 그 크기는 약 10평방킬로미터이며, 그 바깥 둘레로 쭉 담이 쳐져 있고, 그 안에 복희여와(伏羲女媧) 조형물과 정자 등의 시설물이 들어서 있다. 자료에 의하면, 인근 '고창국(高昌國)'의 귀족들 무덤들이 3세기 중엽으로부터 8세기 말까지에 걸쳐서 조성되었다는데, 요즈음 말로 치자면 옛 왕국의 국립묘지인 셈이다.

그 고창국은 투루판 시에서 동남쪽으로 46킬로미터 떨어져 있는 화염산 자락에 옛 성(城)이 거의 다 파괴된 채 남아 있는데, 그곳은 기원전에 세워져 1300여 년간에 걸쳐서 고창군(高昌郡), 고창왕국(高昌王国), 서주(西州), 회골고창(回鶻高昌) 등의 이름으로 번영하였으나 14세기에 완전히 불에 타 파기되었다 한다. 물론, 오늘날은 그 잔해만 남아있는데 극히 일부의 내부 시설만이 복원 보수되었을 뿐이다.

원래는 두께가 12미터, 높이가 11.5미터나 되는 성벽으로 5.4킬로미터의 둘레로 둘러싸여 있었으며, 외성 내성 궁성 등 삼중의 방어벽을 갖춘 고대 왕국이었다 한다. 한족(漢族)을 비롯하여 위구르 족 등 소수민족이 어울려 살았던 것으로 알려져 있다.

여하튼, 그 고창국의 귀족 무덤들이 모여 있는 이곳, 아스타나고묘군의 입장권(20위안)을 끊어 들어가면 대기하고 있던 인솔자가 개방된 무덤 서너 곳으로 안내해 준다. 이들 무덤에서 출토된 수많은 유물들은 투루판 박물관에 전시 중인데 묘지(墓志), 회화(绘画), 토용[泥俑], 도기 · 목기 · 철 · 돌 등으로 된 여러 가지 기물(器物)과 화폐 · 비단 · 문서 등이 주류를 이루고 있다. 특히, 무덤의 크기 · 구조 · 부장품 · 벽화 · 미라 등을 통해서 당대의 문명과 문화적 습속(習俗)을 이해하는 연구가 진행되고 있다 한다.

나는 이 분야에 특별한 관심이나 전문가적 식견을 갖추고 있지 못한 사람이지만 무덤 속에서 비단이 많이 출토되는 것을 보면 이곳도 실크로드 상의 한 도시였다는 점이고, 자연 미라가 많은 것으로 보면 이 지역 토양과 기후가 매우 건조하다는 사실을 유추할 수 있으며, 이슬람교가 들어오기 전까지는 불교와 한족의 유교적 가치관이 지배적이었다는 단순한 사실쯤은 알아차릴 수 있었다. 비단에 그려진 공명조(共鳴鳥)라든가, 복희여와(伏羲女媧) 상 등이 그 증거라 할 수 있다.[공명조는 불경(佛經)에서 말하는 극락(極樂)에 있다는 새들 가운데 한 종류임.]

나의 시선을 붙잡아 두는 그림이 하나 더 있었는데, 그것은 다름 아닌 무덤 안의 벽화 곧 묘실 벽화였다. 묘실의 벽화들이야 그 대부분은 죽은 자를 보내는 살아있는 자들의 소원이 담기고, 죽은 자의 영광스런 삶이 기록되는 것이지만 살아있을 때의 거주공간에 꾸며

지는 장식품 가운데 하나인 병풍처럼 그려진 것도 있다. 나는 이곳 무덤 안에 그려졌다는 병풍식 벽화를 몇 점 보았는데 그 중에서도 이런 것이 있었다.

위 여섯 폭짜리 그림은 무엇을 나타내는 것일까? 혹시 이 무덤의 주인이 당시 재상(宰相)이라도 되었단 말인가? 그런데 종(鐘)이 뒤집어진 것 같은 앞쪽의 그림은 무슨 뜻이 담겨있는 것일까? 도대체, 저것이 무엇이란 말인가? 아무리 상상해보아도 감이 잡히질 않는다. 내 배낭 속에 있던 어떤 책도 나의 단순한 이 궁금증 하나를 해소해주지 못한다. 가이드도 없이 다니는 나의 여행이란 것이 늘 이런 식이지만 나는 금세 궁금증을 놓아버리고 또 다른 여행지를 찾아 떠난다.

내가 투루판에서의 여행을 마무리하기 위해서 시내에 있는 '투루판박물관'으로 갔을 때였다. 그 박물관 바깥 측면에 크지 않은, 연못이라고 하기에는 크고 호수라고 하기에는 작은 인공 못이 조성되어 있었는데 놀랍게도 그곳에 그 벽화에서 본 것 같은, 아니, 똑 같은 모양의 조형물이 설치되어 있음을 보았다.

나는 이 조형물을 보는 순간, 저 '뒤집어진 종'에 반드시 어떤 숨은

의미가 있을 것이라고 여겼다. 그렇다면, 그것은 과연 무엇일까?

잠시 나무그늘에 앉아 생각하고 있는데 나무와 꽃들이 심어져 있는 정원 속에 이 '물건'에 대해 설명하는 안내판이 숨어있음을 발견하고 나는 그곳으로 들어가 '나중에 해독해 보리라' 하면서 카메라에 그 내용을 담았었는데 솔직히 말하면, 전화기에 저장되었던 수백여 장의 사진들과 함께 빈 껍질이 되어 버렸다. 저장된 사진들을 외장 메모리인 SD카드로 옮기느라 수선을 떨었고, 촬영한 사진들이 N드라이브에 자동 저장되는 과정에서 문제가 생긴 것 같았다. 나는 스마트 폰을 잘 다루지 못해서 여행 중에 찍었던 수백 장의 사진들을 잃어버렸지만 어쩔 수가 없었다. 그 때 지나가듯이 안내판을 읽은 결과로는 술[酒] 등의 액체 양을 재는 도구로서 '계측기'라는 것으로 이해했었는데 막상 글을 쓰려고 그와 관련된 문헌이나 자료들을 아무리 찾아보아도 찾을 수가 없어 유감이다. 급기야 내가 알고 있는 몇 몇 중국인들에게 사진과 함께 보여주며 물었으나 속 시원한 대답을 들을 수 없었다.

하여, 나는 별 수 없이 내 나름대로 상상해 보기로 한다. 곧, 무언가를 담거나 재는 그릇일 것이다. 그것도 물이나 술이나 기름 등의

투루판 박물관 앞 연못에 설치된 계측기

액체 종류일 것이다. 모양새로 보면 하늘에서 내리는 비의 양을 재는 측우기도 아니고, 액체의 양을 측정하는 저울도 아닌 것 같다. 우리의 종 같은 그릇이 거꾸로 뒤집혀 있으되 바르게 서있지 않고 약간 기울어져 있는 점으로 보면 무언가 숨겨진 의미가 있을 법하다. 용기가 기울거나 그곳에 너무 많은 양을 부으면 넘친다는 사실을 암시해 주고 있는 것 같기도 하다. 적당량을 거둬들이고, 적당량을 받으라는 뜻인가. 아니면 넘치지 않게 적당량을 소유하라는 뜻인가. 혹시, 인간의 탐욕을 재는 도구라도 된단 말인가? 혹시, 인간의 지나친 욕심을 경계하는 상징적 도구라도 된단 말인가? 저것을 죽은 자의 무덤 안에 그려 넣은 이유는 무엇이고, 공공장소에 조형물로 설치해 놓음으로써 만인으로 하여금 보게 하는 이유는 또 무엇일까? 여기에는 그 배경과 숨은 뜻이 분명히 있긴 있을 것이다. 단지, 내가 모를 뿐이다.

중국에서는 사전에는 없지만 '참계도[塹誡圖 : 끌 참, 경계할 계, 그림 도]'라는 말을 쓰고 있다. 새기어 유념하고 경계하라는 뜻으로 그려진 그림을 가리키는지, 아니면 유념하고 경계해야 할 내용을 끌로써 새기어 넣은 그림을 뜻하는지 알 수 없지만 이 벽화를 참계도라 여기고 싶다. 그래서 이 그림을 '지나치게 욕심을 부리지 말라'거나 '정치를 바르게 하라'는 뜻으로 해석하고 싶다. 그러고 보니, 욕심을 경계하는 명구(名句) 하나가 생각난다. 욕기중자(는) 파비한담, 산림불견기적(이고), 허기중자(는) 양생혹서, 조시부지기훤(이라).[欲其中者 波沸寒潭, 山林不見其寂. 虛其中者 凉生酷暑, 朝市不知其喧.] 무엇인가를 하거나 얻고자 집착하면 찬물도 끓어 넘치고, 그런 욕심을 다 버리면 무더위 속에 있어도 서늘하고, 아침시장의 시끄러운 소리조차 느끼지 못한다는 뜻이다. 명심보감에 나오는 말이지만 다분히 무욕(無慾)을 중요한 덕목으로 치는 불교적인 가르침과 무관하지 않다. 만족할 줄 알면 욕됨이 없고, 행동을 자제하면 위태로움이 없어서 오래 살 수 있다[知足不辱 知止不殆 可以長久]는 노자(老子)의 말과도 맥을 같이한다고 볼 수 있다.

오늘 날 우리를 비참하게 만들고 있는 '세월호' 침몰사고는 욕심들이 지나쳐 그나마 가지고 있던 것들조차 다 쏟아버리고 빼앗기게 되는 꼴이 아니고 무엇이랴. 우리 사회 발전의 제일 적(敵)은 그릇된 정치인이다. 그리고 그 다음 적은 고위직 공무원들이다. 그리고 그 다음 적은 우리 자신들의 무능력이다. 이를 바로 잡는 것은 '혁명'에 가까운 일이다. 그러나 썩은 것들이 너무 많고 그 썩은 부위가 너무 깊어 결단을 요구하고 있다.

내가 이 글을 쓸 때(2014. 05. 15.)만 해도 이 거꾸로 뒤집어진 종(鐘)의 정체를 알지 못했다. 그래서 솔직하게 그것을 상상하며 글을 썼던 것이다. 그러나 나중에 알게 되었다. 누가 알려준 것이 아니라 자료 조사하는 과정에서 알게 되었다. 그런 다음에 쓴 글이 「'여우쭤즈시[宥坐之器]'에 대하여」라는 다음 글이다.

19

‘유좌지기[宥坐之器:여우쭤즈시]’에 대하여

‘여우쭤즈시[宥坐之器]’라. 우리말 한자 음으로 읽으면 ‘유좌지기’가 되는데, 이 때 宥(유)는 ‘용서하다[恕]’ 또는 ‘돕는다[佑·助]’라는 뜻이다. 하지만 중국 바이두[百度] 백과사전 주해(註解)에 따르면 이 유(宥)가 ‘오른쪽[右]’이라 한다. 그럼에도 불구하고 나는 개인적으로 ‘돕는다’라는 의미로 해석하고 싶지만, 그래서 앉은 채 혹은 앉아서 도움을 받는[주는] 기기(器機)라고 풀이하고 싶은데, 유(宥)를 우(右)로 해석한다면 자리의 오른쪽에 설치해 놓는 그릇, 용기(用器), 도구(道具)라는 뜻이 될 것이다.

유좌지기

그런데 이 용기 자체가 기울어져 있다 해서 기울 攲(기) 자(字)를 써서 ‘기기[攲器 : 기울 攲, 그릇 器]’ 곧 ‘기울어진’ 혹은 ‘기울어지는’ 그릇이라고도 하는데, 중국 고대 지혜로운 군주가 자신의 자리 오른쪽에 상설해 놓고 통치함에 있어, '지나치거나 부족함'을 경계하기 위한 일종의 상징적인 계측기였다 한다.

이에 대한 이야기가, 춘추전국시대의 조(趙)나라 사람으로 사상가이자 정치인이었고 문학가였던 순자[荀子: 기원전 약 313년~기원전238년]의 유좌(宥坐) 편에 나오는데, 그 원문을 소개하자면 이러하다.

孔子观于鲁桓公之庙，有攲器焉. 孔子问于守庙者曰："此谓何器?"对曰："此盖为宥坐之器." 孔子曰："吾闻宥坐之器，虚则攲，中则正，满则覆，明君以为至诫，故常置之于坐侧." 顾谓弟子曰："试注水焉." 乃注之水，中则正，满则覆. 夫子喟然叹曰："呜呼！夫物恶有满而不覆哉?" 子路进曰："敢问持满有道乎?" 子曰："聪明睿智，守之以愚；功被天下，守之以让；勇力振世，守之以怯；富有四海，守之以谦，此所谓挹之又损之道也." －『荀子 · 宥坐』篇

위 원문을 굳이 우리말로 해석하자면, 대략 이러하다.

공자께서 노환공[鲁桓公 : 본명은 희윤(姬允)으로 노(鲁)나라 제15대 군주임 : ?~기원전694년]의 사묘[우리는 주로 '사당(祠堂)'이라는 말을 쓰지만 중국인들은 '묘(庙)'라 한다]에 있는 기기(攲器)를 바라보며, 관리인에게 "이는 어떤 기기[그릇]라 하오?"라고 묻자, 관리인이 대답하기를 "이것은 유좌지기(宥坐之器)입니다."라 했다. 그러자, 공자께서 다시 말하기를, "내가 들은 바 있지. 비어 있으면 기울고, 적당히 있으면 바르게 서고, 가득 차면 뒤집어지는 유좌지기! 예로부터 명석한 군주가 자신의 자리 옆에 설치해 놓고 스스로를 경계했다지." 라고 했다. 그러자, 제자가 돌아보며, "그럼, 시험 삼아 물을 한 번 부어 봅시다." 라고 말했다. 이

내 물이 적당히 들어가자 바르게 서고, 가득 채워지자 스스로 뒤집어져 쏟아졌다. 공자께서 탄식하며 말씀하시기를, "오호라. 그곳에 가득 채워도 뒤집어져 쏟아지지 않는 방법을 어찌 깨달으랴." 했다. 그 순간, 자로[子路: 중유(仲由) : 기원전542~기원전480년]가 앞으로 나오며, "감히 묻사온데 도(道)를 가득 채워 가질 수는 없을까요?" 라고 물었다. 그러자, 공자께서 다시 말씀하시기를, "예지가 총명하구나. 어리석음으로써 가득 채우면[정사를 돌보면] 그 잘못으로 국가가 피해를 입게 되고, 양보로써 가득 채우면 그 뜻[勇氣(용기)]이 세인(世人)의 마음을 어루만지며 세상에 퍼지게 되고, 신중함으로써 가득 채우면 세상이 풍요로워지고, 겸손으로써 가득 채우는 것이야말로 소위 도(道)를 가득 채우는 일이자 도를 더는 일이니라." 했다[이상은 필자 역].

그러니까, 춘추전국시대 노나라[東魯 : 지금의 산동성 곡부(曲阜)를 중심으로 36명의 군주가 통치한 나라] 제15대 군주인 희윤(姬允)이 자신의 왕좌 오른쪽에 그 유좌지기를 설치해 놓고서 자신의 통치행위를 스스로 경계해온 모양인데, 그래서 그가 죽은 뒤 그의 영정을 모신 사당에서조차 그 유좌지기가 놓였던 것이고, 그것을 공자(孔子) 일행이 보고 위와 같은 대화를 나누었다는 뜻이다.

그런데 재미있는 현상은, 그 유좌지기의 본질인 '비어 있으면 기울고, 중간쯤 적당히 차 있으면 바르게 서고, 가득 차면 뒤집어진다[虛则攲, 中则正, 满则覆]'는 생각과 믿음에 있다. 내가 생각하기에, 종(鐘)을 뒤집어 놓은 것 같은 그릇에 무엇인가 가득 채우면 더 안정이 되고 여유롭고 편안해질 것 같은데 가득 차면 오히려 뒤집어져 쏟아진다는 역설적인 표현을 왜 하는 것일까. 분명, 여기에는 어떤 배경과 이유가 있으리라 본다.

일방적으로 내가 상상하건대, 사람들이 살면서 직접 보고 듣고 느끼어 온 자연현상 속에서 그런 생각을 하지 않았을까 싶다. 이해하기 쉽게 예를 들어 설명하자면, 꽃이 활짝 피면 곧 시들어버릴 일밖에 없듯이, 달이 차면 곧 기울어지듯이, 물질이 풍족해지면 자기도 모르게 오만해지듯이, 어떤 형태나 형식이 결정되면 오래지 않아 그것이 변형되고 끝내는 허물어져야 하듯이, 저수지에 물이 가득 차면 넘치거나 둑이 무너지듯이, 일련의 현상들을 직간접으로 경험하면서 인간은 '순환의 주기' 내지는 존재하는 것들의 내부에 '힘의 균형'이 자리하고 있다는 사실을 깨닫고, 어떤 정점(頂點)에 다다르면 곧 내려와야 하거나 기울어진다는 점을 경계하면서부터 그놈의 '적당히'를 마음에 품었던 것이 아닐까 싶다. 그 '적당히'를 점잖게 말하면 '중용(中庸)의 도'가 될 터이지만 그것을 삶의 법칙으로 받아들였을 것이다.

중국인들의 머릿속에 각인되어 있는 그런 생각 그런 믿음 곧 잠재의식을 조금 들여다볼 필요가 있다. 곧, '얻으면 잃게 되고, 결정되면 다시 뒤집어진다[得而失之 定而復傾]'는 설원(說苑)에 나오는 말이나, 자만[自滿→盈]은 손실을 초래하나, 겸손[謙遜→虛]은 이익을 가져다주는 것이 하늘의 도리[滿招損, 謙受益, 時乃天道]라 하는 서경(書經)에 나오는 말이나, 지극하면 되돌아가고 왕성하면 쇠해지는 것이 하늘의 도[天道之數 至則反, 盛則衰]라 한 관자[管子 : 기원전475~기원전221]의 말이나, 가득 찬 것을 덜어내어 겸허한 것에 보태주는 것이 하늘의 도[天道虧盈而益謙]라 한 주역(周易)의 말들이 다 그 '적당히'를 낳고 신뢰하게 한 배경이자 증거라고 나는 생각한다.

이러한 고대 중국의 영향을 받은 탓인지, 덕인지는 모르겠으나 우리는 한 수 더 두어서 '붉은 꽃이 열흘을 가는 게 없고, 달도 차면 기울어진다[花無十日紅滿月虧]'하여 젊었을 때에 놀자는 민요(民謠)가 있긴 있지만은 분명한 사실은 넘쳐도 위태롭고 부족해도 불안하다는 점이다. 무엇보다 균형이 중요하다는 뜻일 것이다. 여기서 더 나아가, 넉넉할 때에 궁핍해질 때를 대비해야 하고, 정상에 서 있을 때에 내려오는 길을 염두에 두어야 훗날의 안녕이 보장된다는 사실이다.

나는 낯선 중국 투루판 아스타나구무취[阿斯塔那古墓區]에서 고대 고창왕국[高昌王国 : 5세기 중엽~7세기 중엽]의 국립묘지의 발굴된 한 무덤 속에서 그림으로나마 보았고, 투루판 박물관 앞 인공 연못에 설치된 실물을 보았는데 그것의 정체를 파악하기 위해서 묻고 자료조사 하는 과정이 꽤 길게 소요되었다. 다 나의 능력 문제이지만 이제야 이렇게라도 마무리를 짓게 되어 그나마 다행이라고 생각한다.

-2014. 06. 20.

돌이 곧 책이 되고 그림이 되는 비석(碑石)의 숲, 비림(碑林)에 대하여

돌에 문자(文字)와 문장(文章)을 새기어 넣고, 각종 문양(紋樣)을 조각(彫刻)·부조(浮彫)해 놓기도 하고, 선(線)으로써 복잡한 그림을 그려 넣기도 하여 실생활에서 활용하는 일만큼은, 이 지구상에서 중국을 따라갈 나라가 없었다고 나는 생각한다. 조금 과장하자면, 단단한 돌을 종잇장처럼 활용한 백성이 바로 중국인이다. 물론, 고대 이집트 신전들에 가면 문자와 그림들이 돌로 된 벽면이나 기둥에 새기어져 있기는 하지만 생활 전반에 걸쳐 책으로서 혹은 그림으로서 혹은 예술작품으로서 널리 활용하는 '상용성(常用性)' 이란 측면에서는 중국과 비교 되지 않는다. 이에 대한 증거가 곧 '비림(碑林)'이다.

그리고 거대한 암석(巖石), 그러니까, 산 밑의 돌덩이 속으로 파고 들어가 그 안에서 실제로 종교 활동을 할 수 있는 크기의 신전(神殿)을 구축하는 대역사(大役事)만큼은 고대 인도를 따라갈 나라가 없다고 생각한다. 물론, 중국도 소위 '석굴(石窟)'이라 하여 고대 불교사원들이 엄청나게 많이 산재되어 있지만 인도의 그것과는 동일선상에 놓고 비교되지 않는다. 사람이 상주하며 신앙생활을 하는데 필요한 공간인 신상(神像) · 법당(法堂) · 기도실(祈禱室) · 창고(倉庫) · 휴게실(休憩室) · 수면실(睡眠室) · 식당(食堂) 등이 통째로 거대한 바위 속으로 구축된 경우는, 그것도 복층으로 조성된 경우는 단연 인도뿐이라고 생각한다. 한 마디로 말해서, 돌을 떡 주무르듯이 하여 거대한 암석 속에서 반영구적인 신전을 구축해 놓은 백성들이 바로 고대 인도인이었던 것이다. 그 증거가 아잔타 · 엘로라 석굴들이고, 카주라호 사원군(群)이다. 물론, 이들 외에도 곳곳에 산재되어 있다.

나는 개인적으로 이곳들을 지난 2005년도에 둘러보았고, 그 기록들이 다른 저서 『이시환의 심층여행에세이 시간의 수레를 타고』(신세림출판사, 2008년, 512페이지, 고급양장)와 인디아 기행시집 『눈물모순』(신세림출판사, 2009년, 112페이지)의 주석에 남아 있다. 따라서 여기서는 이들에 대한 소개를 생략하기로 하고, 지난 해 여름에 방문했던 중국 시안[西安]의 비림박물관을 소개함으로써 위 개인적인 판단에 대한 이해를 돕고자 한다.

하지만 비림이 꼭 시안에만 있는 것은 아니다. 시안 외에도 중국 전역 곳곳에 산재되어 있다. 그 가운데 중요한 몇 곳을 소개하자면, 허베이성[河北省]의 한딴시[邯郸市]에 있는 한딴비림[邯郸碑林], 카이펑[开封] 용정호(龙亭湖) 서쪽에 있는 한위앤 비림[翰园碑林], 허난성[河南省] 안양시(安陽市) 탕윈현[汤阴县] 위에마오가[岳庙街]에 있는 탕윈위에마오비림[汤阴岳飞庙碑林], 전하이[镇海] 자오바오산[招宝山] 정상에 있는 전하이비림[镇海碑林] 등 이 그것이다. 란저우 백탑산 공원 내에도 비림이 조성되어 있었는데 너무 늦게 도착하는 바람에 문이 닫혀 들어가 볼 수 없었다. 분명한 사실은, 단순한 개인 묘비명에서부터 시 · 서 · 화(詩·書·畵)를 비롯하여 역사적 사실 기술까지 다양한 내용의 문장이

비림

조각된 비석들이 작게는 수백여 개에서 많게는 수천여 개까지 곳곳에서 전시되고 있다는 점이다. 그만큼 비석 만들기가 생활전반에 걸쳐 이루어졌었다는 증거이리라.

이야기를 원점으로 돌려서 시안 비림 이야기를 좀 하겠다. '비림(碑林)'이라 하면, 나무[木]가 많이 모여 자라고 있는 상태나 곳을 '숲[林]'이라 하듯이, 비석(碑石)이 많이 줄지어 서있어서 숲처럼 되어있다는 뜻일 것이다. 북송(北宋)의 명신(名臣)인 여대충(呂大忠 : 1020~1066)이 창시했다 하는데, 비림하면 역시 중국을 떠올리게 되고, 그 가운데에서도 시안에 있는 비림박물관을 가장 먼저 떠올리게 될 것이다. 그도 그럴 것이, 시안비림박물관은 1087년에 건축되었고, 한대(漢代)로부터 청대(淸代)에 이르기까지 묘지(墓誌)·석각(石刻) 중심의 11,000건의 문물이 진열·전시되어 있기 때문이다. 한 마디로 말해서, 가장 먼저 조성되었고, 가장 많이 전시되어 있는 '비석의 숲'인 것이다.

자료에 의하면, 일곱 곳의 비석 전시실(7座 碑室)과, 여덟 곳의 비석 전시회랑(8座 碑廊)과, 여덟 곳의 비석 전시정자(8座 碑亭)와, 석각예술실(石刻艺术室), 그리고 네 곳의 문물 전시실[4座 文物陳列] 등으로 구성되어 있어 총 진열면적만 4,900평방미터에 달한다고 한다.[여기서 비석이 진열 · 전시된 공간의 크기와 성격을 실(室) · 랑(廊) · 정(亭) 등으로 구분해 놓은 점을 유념해 두기 바란다. 그러니까, 수십여 개의 비석들이 전시된 큰 방이 실(室)이고, 우리의 복도와 같은 회랑이 랑(廊)이며, 우리의 비각(碑閣) 같은 것이 정(亭)이다. 이 정은 대개, 아주 특별하고도 중요한 의미를 지니는 비석이 별도 전시되는 곳으로 보면 크게 틀리지 않는다.]

제1전시실로부터 제7전시실까지는 별도의 건물 동(棟)이 횡으로 배열되어 있어 징검다리 건너듯 쭉 이어져 있다. 그래서 자연스럽게 계속 이어보게 되는데, 석각예술실은 따로 떨어져 별채로 되어있다.

제1전시실은, 경서(經書)를 비석에 새기어 넣은 소위 '석각경서(石刻經書)'가 전시되어 있다. 『周易(주역)』·『尚書(상서)』·『詩經(시경)』·『禮記(예기)』·『春秋左氏傳(춘추좌씨전)』·『論語(논어)』·『孝經(효경)』·『爾雅(이아)』 등 총 12종의 경서 60만자 이상이 114개에 새기어져 있다. 종이책에 씌어있거나 인쇄되어 있어야 할 책의 내용들이 비석에 새기어져 있다는 뜻이다. 반영구적인 돌이 종이책을 대신하는 상황이다.

제2전시실은, 당대(唐代) 위주의 비석들이지만 주로 서예(書藝)에서의 서체[書體=書法] 상으로 이름난, 그러니까 우리가 말하는 서예 예술상의 심미적 완상가치가 있다는 비석들을 중심으로 전시하고 있다. 곧, 우세남(虞世南)의 공자묘당비(孔子庙堂) · 저수량(褚遂良)의 동주경교서비(同州圣教序碑) · 구양순(欧阳询)의 황보탄비(黄甫诞碑) · 구양통(欧阳通)의 도수법사비(道因法师碑) · 장욱(张旭)의 단천자문(断千字文) · 유공

권(柳公权)의 현비탑비(玄秘塔碑) · 왕희지 서체인 대당삼장성교서비(大唐三藏圣教序碑) · 안진경(颜真卿)의 다보탑비(多宝塔碑)와 안가묘비(颜家庙碑) 등이 대표적이라 한다. 그리고 당대 대외문화교류를 알 수 있는 대진경교유전중국비(大秦景教流传中国碑)와 부공화상비(不空和尚碑)도 전시되어 있다.

제3전시실은, 한대(漢代)로부터 송대(宋代)에 이르기까지 각종 서법 · 서체 상의 명비가 전시되어 있는데, 전서(篆書)로 당대 미원신천시서(美原神泉诗序), 예서(隶書)로 한대 조전비(曹全碑), 해서(楷書)로 당대 장회각비(臧怀恪碑), 행서(行書)로 당대 혜견선사비(慧坚禅师碑), 초서(草書)로 수대(隋代) 지영천자문비(智永千字文碑) 등이 포함되어 있다.

제4전시실은, 송대(宋代)로부터 청대(清代)에 이르기까지 유명한 서예가 소식(蘇軾), 황정견(黄庭坚), 미불(米芾), 조맹부(赵孟頫) 등의 시문서적(詩文書迹)으로 명청(明清) 시기의 진귀한 사료적 가치가 있는 비석들이라 한다. 그리고 송 · 청대의 각종 '선각화(線刻画)'라 불리는 그림비석 등도 있어 고대건축과 명승고적에 대한 연구 자료가 된다 한다. 송대의 당태극궁잔도(唐太极宫残图), 당흥경궁도(唐兴庆宫图), 청대의

대진경

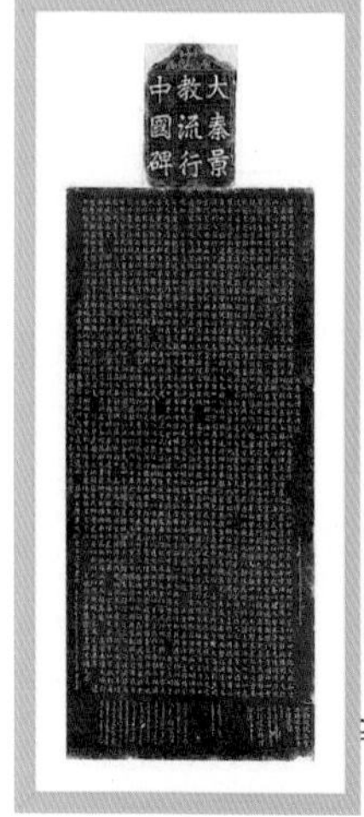

비림 관련 비석의 대표적인 예

태화산전도(太华山全图), 관중팔경(关中八景) 등이 그 예이다.

제5전시실은, 송(宋) · 원(元) · 명(明) · 청대(清代) 지방사료(地方史料) 비석들이 주로 전시되어 있다.

제6전시실은, 원(元) · 명(明) 인사들의 시문을 제외하고는 대부분이 청대(清代)의 시(詩) · 사(詞) · 가(歌) · 부(賦)이다.

제7전시실은, 청대에 쓰였던 「淳化秘阁帖(순화비각첩)」이 전시되어 있다.

석각예술실은, 서한(西漢)으로부터 당대(唐代)에 이르기까지 원조(圓雕 : 입체조각) · 부조[浮雕 : 부각(浮刻)] 등 석각예술품 70여 종이 전시되어 있다.

이러한 시안비림박물관은 시안시(西安市) 문창문(文昌門) 내 삼학가(三学街) 15호에 있으며, 입장료는 75위안이며, 제대로 보려면 미리 공부하고 가 확인하는 정도로 구경한다 해도 하루 정도는 이곳에서 놀아야 한다.

시안 비림박물관에서 비석의 탁본을 뜨는 장면

과거 우리나라는 중국의 영향을 비교적 많이 받아온 이웃나라였기 때문에 문화적으로 유사한 면이 없지 않은데 한자를 붓글씨로 쓰고 비석을 남긴 문화도 그 한 예라 할 수 있다. 고대 고인돌로부터 묘비 기념비 등을 모두 합치면 엄청난 양이 될

것이다. 말이 나왔으니 말이지, 우리나라에서는 '한국비림박물관'이라 하여 충청북도 보은군 수한면 보청대로에 2002년도에 개장했었는데 실은 중국 시안의 비림을 보고 자극을 받아서 이루어진 것으로 알고 있다. 물론, 우리나라도 예로부터 개인적인 묘비나 각종 기념비 등이 있어왔고, 그것들이 전국 곳곳에 산재되어 있는데 이들을 한데 모으면 실로 엄청난 양이 될 것이다. 다만, 종교 경전을 포함한 특별한 의미가 있는 책이나 건축물이나 명승지 등을 사실적으로 새기어 넣은 비석들이 있는지는 모르겠다. 설령, 있다하더라도 중국의 그것들과는 비교가 되지 않을 양이고 기술이라 판단된다.

여하튼, 나는 앞으로 얼마나 살지 모르겠지만, 그 단단한 돌에 문장을 새기고 문양을 새기어 넣듯이, 암석 속으로 파고들어가 반영구적으로 거대하면서도 정교한 신전을 구축해 놓듯이, 그런 정성과 그런 기술과 그런 피땀으로써 평생 동안 무엇을 새기어 놓을 수 있을까를 생각하니 눈앞이 캄캄해진다. 그런 간절함과 그런 정성과 그런 에너지를 쏟아놓을 심장이라도 있기는 있는 것일까. 그저 시와 산문을 짓고 평론을 쓰느라고 열심히 살아오긴 했지만 덧없이 지나가버린 내 삶을 떠올리지 않을 수 없고, 이제 남아있는 후반부 인생을 어떻게 살아야 할지 고민하지 않을 수 없는 게 비림을 둘러보고 나오는 내 지금의 심정이다.

21

'낙양(洛陽)의 지가(紙價)를 올리다'라는 말의 근원을 아시나요?

낙양은 허난성[河南省] 서부에 있는 도시로 현재인구 약 662만의 비교적 큰 도시인데 2014년 현재 곳곳이 공사 중인 것 같다. 과거에는 동주[東周 : 기원전 770~221], 동한[東漢 : 기원후 25~220], 위[魏 : 기원후 220~265], 서진[西晉 : 기원후 265~317], 후당[後唐 : 기원후 923~936] 등의 왕도(王都)로서 약 900년 영화를 누렸던 고도古都이며, 오늘날은 역사적 유적과 유물 덕으로 유명 관광도시가 되어 있다. 낙양주왕성천자가육박물관[洛陽周王城天子駕六博物館]과 백마사[白马寺], 북망산에 있는 낙양고묘박물관[洛陽古墓博物馆], 용문석굴[龍門石窟], 낙양성 고가의 종루(鐘樓)와 고루(鼓樓), 그리고 관우(關羽) 장군의 무덤과 사당, 백거이(白居易) 시인의 묘원[무덤과 정원] 등이 그 예라 할 수 있다.

오늘날 이곳 낙양을 소개하는 리플릿에서는 '千年帝都(천년재도) 牡丹花城(목단화성)'이라고 자랑한다. 천년 동안 왕도(王都)로서 자리를 굳혀 왔으며, 부귀영화를 상징하는 모란의 도시라는 점을 강조한 말이다. 지금도 모란축제가 매년 5월에 열리며, 실제로 모란을 재배하는 화원이 많다. 그리고 낙양성 고가(故街)에는 문방사우(文房四友)를 파는 가게들이 많고, 이곳 화가들의 그림과 서예작품들을 전시판매하는 갤러리가 또한 많으며, 수의(壽衣) 등 장례 관련 물품을 파는 가게 간판들이 곧잘 눈에 띈다. 한때는 이곳에 불교사원이 1,300여 곳이나 있었다 하고, 성 밖 십리 하에는 왕으로부터 귀족과 평민들의 크고 작은 무덤들이 모여 있는 북망산이 있고, 스물네 가지 야채에 육류(肉類) 어류(魚類) 면류(麵類) 등이 모두 탕(湯)으로 나오는 풍성한 '수석(水席)'이라는, 당(唐) 대에 기원을 둔 전통요리 등이 낙양의 옛 부귀영화를 단적으로 말해준다.

이들은 다 눈으로 확인할 수 있는 것들이지만 이곳에 살던 당대인들의 정신적인 풍요를 짐작하게 하는 말이 있으니 그것은 곧 '낙양의 지가를 올리다'라는 그 유명한 말이다. 여기서 '지가'란 급등해왔던 서울의 땅값이나 아파트 값처럼 낙양의 땅값이 아니라 종이[紙] 가격이다. 낙양의 종이 가격이 하루아침에 올랐던 사건이 있었다하는데 그것이 무엇이냐고요?

중국 역사상 가장 짧은 봉건통일왕조 국가였던 서진(西晋 : 266년~316년) 시기에 꽤나 유명한 시인이자 문학가였던 좌사(左思 : 250~305 추정)가 있었는데, 그의 작품인, 「삼도부(三都賦)」를 베끼려고 - 그때만 해도 인쇄술이 없었고, 제지기술이 크게 발달되지 못했으니까 - 사람들이 시내 문방구 종이를 너도나도 구입하자 공급이 수요를 따라주지 못해 종이 가격이 하루아침에 폭등했다는 데에서 비롯되었다 한다. 물론, 오늘날은 특정인의 특정 책이 잘 팔리어 인쇄가 거듭될 때에 곧잘 우리가 빌려 쓰는 말이 되었지만 말이다.

문제의 「삼도부(三都賦)」는 위(魏)·촉(蜀)·오(吳) 3개국의 개황(概況)을 기술한 산문으로, 총서(总序)·위도부(魏都賦)·오도부(吳都賦)·촉도부(蜀都賦) 등으로 구성되어 있는데, 이 「삼도부(三都賦)」가 천년에 한 번 나올까말까 한 절창(絶唱)이라 하는데 원문을 입수해 놓고도 내가 느끼지 못하니 안타깝기 그지없다.

좌사는 산둥성[山東省] 쯔보[淄博] 시 사람으로, 태충(太冲)이 자(字)이며, 중요 작품으로는 「삼도부(三都賦)」 외에 「제도부(齐都赋)」가 있으며, 「좌태충집(左太冲集)」 등이 있다. 그는 어렸을 때부터 재주가 출중했으나 용모가 아주 못난 것으로 알려져 있고, 애석하게도 병사(病死)했다 한다.

'삼도부'의 작가 좌사 초상화

4부

낙양의 용문석굴을 구경하다가 만난 백거이 시인

자(字)는 낙천(樂天)이요, 호(号)는 향산거사(香山居士)이며, '취음선생(醉吟先生)'이라 불리기도 했다는 백거이(白居易 : 772~846) 시인! 그는 지금의 하남성(河南省) 정저우[郑州] 출신으로 당대(唐代)의 훌륭한 현실주의 시인으로 널리 알려져 있는데, '신악부운동(新乐府运动)'을 낙양 시인이었던 원진[元稹 : 779~831]과 함께 제창했던 인물이지 않던가. 그 운동의 핵심인 즉「시경(詩經)」과 같이 고대의 채시제도(采詩制度)를 회복하고, 한위(漢魏) 때에 유행했던 현실 참여적인 소재(素材)와 수사(修辭) 등의 전통을 중시여기자는 것이었다.

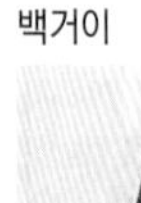

백거이

백거이 시인의 시적 제재(題材)는 매우 광범위하고, 그 형식은 다양했으며, 언어가 통속적이며 평이했기 때문인지 그를 두고 세상 사람들은 '시마(詩魔)' 또는 '시왕(詩王)'으로까지 칭송하기도 했다 한다. 그는 한림학사(翰林学士)로서 좌찬선대부(左赞善大夫)를 지냈으며,『白氏長慶集(백씨장경집)』을 남기었고,

대표작으로는「長恨歌(장한가)」·「賣炭翁(매탄옹)」·「琵琶行(비파행)」 등이 있다.

시인은 772년 정저우 동곽사촌(東郭寺村)에서 태어나 846년에 낙양(洛阳)에서 타계했으며, 인근 향산(香山)에 묻히었다.

나는, 지난 해 초여름 낙양의 그 유명한 용문석굴(龍門石窟)을 구경하러 갔었는데, 그곳에서 뜻하지 않게 용문(龍門) 동산(東山) 비파봉(琵琶峰)에 있는 그의 무덤과 그 주변을 산책할 수 있도록 잘 꾸며 놓은, 소위 '백원(白园)'이라 불리는 비파봉을 오락가락 비가 오는 날에 오를 수 있었다.

이 백원으로 말할 것 같으면, 청곡구(青谷区)·낙천당(乐天堂)·시랑(詩廊)·묘체구(墓体区)·일본서법랑(日本书法廊)·도시서옥(道时書屋) 등으로 구성되어 있는데, 푸른 계곡인 '청곡구'라 이름 붙여진 곳에는 작은 연못인 백지(白池)와 청이정(聽伊亭)과 석판교(石

시랑

백거이 관련 시비

백거이 무덤

板桥), 그리고 송죽(松竹)과 백련(白蓮) 등이 어우러진 곳이다. 백원 대문(大門)에 들어서자마자 있는데 사람의 마음을 아주 편안하게 해주는 아늑함과 청정함이 각별했었다.

그리고 일본 서예가들과의 왕성한 교류를 반영한 비각(碑刻)들이 길게 전시된 회랑인 일본서법랑(日本书法廊)을 지나서 조금 오르다보면 '낙천당(樂天堂)'이 나오는데, 시인이 말년에 절친한 벗이었던 원진(元稹) · 류우석(刘禹锡) 등과 함께 바둑을 두고, 술과 차를 마시며, 시(詩)를 논했던 곳이라 전해진다. 현재는 백옥(白玉)으로 된 백거이 소상[塑像 : 인물상]이 자연석 위에 앉아서 밖을 내다보는 듯한 대작(大作)이 실내에 전시되어 있다.

그리고 백원에서 제일 중요한 시랑(詩廊)에는, 백거이의 작품을 각종 서체(書體)로 새긴 유명인들의 비각이 38개[塊 : 비각을 세는 단위에 대해 중국인들은 이 덩어리 塊(괴) 자를 쓰는데 우리는 마땅한 게 없어 그냥 개(個)라 하였다]나 전시되어 있는데, 그 가운데에는 「琵琶行(비파행)」과 「醉吟先生傳(취음선생전)」 전문이 새겨져 있는 기념비도 있어 시인을 이해하고, 그의 명작을 감상하는 데에는 부족함이 없으리라 생각되었다. 이것들이 다 그의 시문학을 사랑하는 사람들이 세운 기념비일진대, 시인으로서 내심 부러운 마음을 숨길 수 없었다.

시인은 죽어서 많은 작품과 무덤[墓 : 중국인들은 '墳冢(분총)'이라는 말을 썼지만 우리의 작은 무덤과는 비교가 되지 않게 크기 때문에 단순히 묘(墓)보다는 墳冢

백거이 시인을 기리는 정원인 '백원'의 이모저모

(분총)'이 더 어울린다고 생각한다. 무덤 위에 수목들이 우거져 자라고 있다.] 하나를 남겼는데, 그를 존숭하는 후대의 사람들이 그의 시문학을 칭송하며, 그를 기억하기 위해서 그의 무덤 주변에 적지 아니한 비석들을 세워 놓았다. 그 가운데 우리 한국의 백씨 종친회에서 세운 비석도 멋쩍게 서 있었지만, 나의 눈길을 끄는 것은 일본인이 세운 비석이었다. 왜냐하면, '일본의 시문학이 백거이 시인으로부터 지대한 영향을 받았으며, 그의 시문학을 높이 평가한다'는 내용이 새겨져 있었기 때문이다. 그들이 얼마나 백거이(白居易)의 문장을 탐독하며 감동했으면 스스로 그런 기록을 남겼을까 생각하니 내 자칭 문장가로서 살고 있지만 두려운 생각마저 들었던 게 사실이다.

백거이 시인은 70년을 넘게 살면서 시와 산문을 합쳐서 2740편[우리는 작품의 숫자를 헤아리는 데에 편(篇)을 쓰지만 중국 사람들은 수(首)를 쓴다]이라는 엄청난 양의 작품을 남겼는데, 나는 그의 문집(文集)은 고사하고, 시선집(詩選集) 형태로도 일독해 볼 수 있는 기회를 갖지 못했다. 우리의 손으로 작품을 직접 선별하고 엮어서 번역 소개하지 못한 탓도 없지 않지만 그보다는 나의 개인적인 무지와 무관심 탓이었을 것이다. 하여, 그의 작품세계를 엿볼 수 있는 기회조차 갖지 못한 채 나이 60을 바라보면서 그 앞에 서노라니 부끄러운 생각도 든다. 물론, 오래전에 황견(黃堅)이 엮은 『고문진보(古文眞寶)』에서 그의 대표작이라 평가되는 「長恨歌(장한가)」·「琵琶行(비파행)」·「太行路(태행로)」 등을 읽어보기는 했지만 솔직히 말해, 가물가물하다. 하여 나는 중국 사이트에서 「太行路(태행로)」라는 작품 한 편을 복사해 다시금 심독하면서 우리말 해석한 것을 여기에 붙인다.

太行路

白居易(772~846) 作

太行之路能摧車, 若比人心是坦途.

巫峡之水能覆舟, 若比人心是安流.

人心好惡苦不常, 好生毛羽恶生疮.

与君结发未五载, 岂期牛女为参商.

古称色衰相弃背, 当时美人猶怨悔.

何况如今鸾镜中, 妾颜未改君心改.

为君熏衣裳, 君闻蘭麝不馨香.

为君盛容饰, 君看金翠无颜色.

行路難, 難重陳.

人生莫作婦人身, 百年苦樂由他人.

行路难, 难于山, 险于水.

不独人间夫与妻, 近代君臣亦如此.

君不见左纳言, 右纳史, 朝承恩, 暮賜死.

行路难, 不在水, 不在山, 只在人情反覆间.

태행로(太行路)

白居易(772~846) 作

이시환 역

태행로가 차를 망가뜨릴 수 있다지만

사람 마음에 비하면 평탄한 길이네.

무협의 강물이 배를 전복시킬 수 있다지만

사람 마음에 비하면 순탄한 뱃길이네.

사람 마음은 하도 변덕이 심하여

좋으면 부드러운 깃털이 나지만 나쁘면 부스럼이 생기네.

그대와 연을 맺고 5년도 지나지 않았건만

서로 만나지 못하게 될 줄이야.

예로부터 늙어지면 서로가 등을 지게 되는데

애초의 미인이 오히려 원망스럽고 후회스럽네그려.

더더군다나, 거울 속의 모습 변함없거늘

그대 마음이 변해도 크게 변했구려.

그대 위해 향수를 뿌렸건만,

그대는 난초와 사향의 향기조차 맡지 아니하고

그대 위해 몸단장까지 하였건만,

그대는 금 비취를 보고도 아무런 반응이 없네.

사람 사는 길이 어렵기는 겹겹이 진을 친 듯하네.

사람으로 나려거든 부인의 몸 되지 말게.

백년고락이 그로부터 연유하니까.

사람 사는 길이 산길보다 어렵고 물길보다 험하네.

부부뿐만 아니라 요즈음 임금과 신하 사이도 마찬가지라네.

그대는 주변의 그릇된 말에 현혹되지 말게.

아침에 은혜를 입지만 저녁에는 죽임을 당하네.

사람 사는 길이 어려운 것은, 험한 물길 산길에 있지 아니하고,

다만 사람 사이의 정이 뒤집어지는 데에 있다네.

시안[西安]의 화청지에서 양귀비를 생각하다

시안[西安]에서 동쪽으로 30여 킬로미터 떨어져 있는 려산(驪山:리산) 기슭에 '화청지(華清池)'라는 온천이 있다. 정확히 말하면, 산시성[陕西省] 서안시(西安市) 임동구(临潼区) 려산(骊山) 북쪽 기슭에 있는데, 이곳 화청지를 두고 '화청궁(华清宫)'이라 부르기도 한다.

이곳이 세간에 유명해진 것은 주(周) · 진(秦) · 한(汉) · 수(隋) · 당(唐)대의 역대 통치자들이 즐겨 찾았던 휴양지 - 중국인들은 이를 '行宮別苑(행궁별원)'이라 함 - 이었기 때문이지만 결정적으로는 당나라 명황(明皇=玄宗현종)과 양귀비(楊貴妃) 사이의 애정고사(愛情故事)가 서린 곳이기 때문이다. 그래서인지 안으로 들어서면, 양귀비의 소상(素像)이 제일 먼저 눈에 띈다. 물론, 요즘에는 중국 근대 역사적인 사건인, 일명 12.12사건인 시안사변[西安事变 : 1936.12.12.] 발생지로 유관 인물들인 장학량(张学良) · 양호성(杨虎城) · 장개석(蔣介石) · 주은래(周恩来) 등과 관련된 방인 환원오간청(环园五间厅)이 소개되고 있다.

경내에는, 지금은 사용되지 않지만 현종이 목욕했다던 연화탕(莲花汤)과 양귀비가 목욕했다던 해당탕(海棠汤)이 있고, 태자들이 목욕했다던 태자탕(太子汤) 등을 두루 둘러 볼 수 있다. 그 외에도 연(蓮)이 자라고 있는 연못인 부용원(芙蓉园)·구룡호(九龙湖)·모택동(毛泽东)이 백거이 시인의 「长恨歌(장한가)」를 새겨 넣은 담벼락[书墙(서장)]이 있고, 그밖에 당어탕유지(唐御汤遗址)·이원(梨园)·당대수정(唐代水井)·비해서림(碑海书林) 등의 볼거리가 있다. 물론, 현재 사용 중인 부대시설들인 상식탕(尚食汤)·소양탕(少阳汤)·장탕(长汤)·충랑욕(冲浪浴) 등이 조성되어 있어 평소에도 시민들이 사용할 수 있다.

중화문명의 요람으로 일컬어지는 세계4대 고도(古都) 가운데 하나인 시안을 여행하는 사람이라면 진시황릉 병마용갱(秦始皇陵 兵馬俑坑)과 함께 이곳을 꼭 방문하게 되는데, 오늘날은 자연경관이 뛰어난 려산을 케이블카를 타고 올라가 조망하기도 한다. 려산에는 봉화대(烽火台)와 시안사변의 병간정(兵谏亭)과 여와(女娲)를 기념하는 노모전(老母殿) 등이 있다.

화청지 양귀비소상

여하튼, '화청지' 하면 당 현종과 양귀비를 떠올리고, '양귀비' 하면 백거이 시인의 작품인 장한가(長恨歌)를 떠올리며, 동시에 젊은 그녀에 대한 미모와 사랑과 슬픈 운명적인 최후를 떠올리게 된다.

나 역시 어느 해 여름 이곳을 방문했었는데 돌아와 양귀비에 대한 자료를 찾아보니 우리나라의 백과사전이나 인물사전 속에서 기술된 내용이 중국의 백과사전과는 상당히 다름을 확인하고 해독 범위 내에서 그녀에 대한 내용을 간략히 소개하고자 한다.

양귀비 초상화

양귀비(楊貴妃)는, 719년 음력 6월 1일 촉주[蜀州 : 현 四川 成都]에서 아버지 양현염(杨玄琰)의 딸로 태어났으며, 집안은 대대로 벼슬을 한 것으로 알려졌다. 그 증거로 고조부(高祖父) 양왕(杨汪)은 수나라 때에 상주국(上柱国) 이조상서(吏部尚书)를 지냈으며, 아버지 양현염은 촉주(蜀州)의 사호(司户)였고, 숙부(叔父)인 양현규(杨玄珪)는 하상부(河南府)의 토조(土曹)였다 한다.

그녀는 어린 시절을 촉주에서 보냈으나 그녀가 10살 되던 729년에 아버지가 이세민에 의해 살해되었으며, 그 뒤로 낙양에 살던 숙부 양현규의 집에서 양육되었다 한다. 그녀는 타고난 미모가 뛰어나고, 상당히 좋은 교육적 환경 속에서 성장했으며, 문화적인 수양도 쌓을 수 있었다 한다. 성격은 유순하며, 특히 비파를 잘 연주했고, 노래와 춤을 비롯한 음악적 재능이 아주 탁월했던 것으로 알려져 있다.

734년 당 현종의 딸 함의공주(咸宜公主) 혼례가 낙양에서 있을 때에 그녀도 초청을 받고 예식장에 참석했었다는데 그 자리에서 함의공주의 남동생인 이모(李瑁) 수왕(寿王)과 눈이 맞았다 한다. 현종의 아내인 무혜비(武惠妃)의 요구로 그해 수왕의 아내로, 간단히 말하면,

결혼시켜 며느리로 맞이하였다 한다. 그러나 결혼 후 부부 사이의 금슬이 기대와는 사뭇 달랐다고 전해진다.

737년, 현종[이륭기(李隆基) : 685년~762년]의 총애를 제일 많이 받음으로써 황후와 동등하게 예우를 받던 이모(李瑁)의 모친인 무혜비가 죽자 현종은 매사 즐겁지 않고 적적한 나날을 보냈다 한다. 당시에 후궁이 수천이었으나 마음에 드는 사람이 없는 상황에서 천부적인 자질이 뛰어난 그녀가 천거됐다 한다. 그리하여 현종의 후궁 가운데 한 사람으로 그녀를 불러 입궁시켰다. [그러니까, 아들의 부인(며느리)을 가로채긴 했으나 고심의 흔적이 역력하며 일정한 절차를 밟았던 것 같다.]

신당서(新唐书) 기록에 의하면, 740년 10월 현종의 모친 두태후(竇太后)의 복을 기원한다는 의미에서 그녀를 도교(道教)의 여도사로 출가시키는 칙서를 내리고, 그녀의 도호(道號)를 '태진(太真)'이라 했다 한다. 745년 현종은 엄격하게 양육된 여자를 아들 수왕의 아내로 책립[책봉(册封)]하고, 동시에 후궁에서 폐위되었다가 도사(道士)가 된 그녀를 귀비로 책봉하여 황후에 상당하는 예우를 했다. 현종의 족보인 「예상우의곡(霓裳羽衣曲)」에 의하면, 양귀비를 처음 접견할 시에 금비녀[금차전합(金钗钿合)]를 친히 그녀의 머리에 꽂아주었다 한다. "짐이 양귀비를 얻은 것은 최고의 보배를 얻은 것과 같다[朕得杨贵妃, 如得至宝也]"고 말했을 정도로 현종은 그녀를 무척이나 좋아했던 것 같다.

그녀와 현종은 매일 바둑이나 같이 두고, 사람의 말을 따라 하는 앵무새를 놓고 '설화랑(雪花娘)' 혹은 '설화녀(雪花女)'라 부르며 즐거운 나날을 보냈다 한다. 하지만 앵무새는 솔개에 의해 죽게 되고, 그녀와 현종은 그 앵무새의 무덤[앵무총(鹦鹉冢)]을 만들어 장사지내 주었다 한다. 앵무새는 준마와 함께 시 작품의 소재가 되기도 했는데 양유

정[杨维桢:1296~1370: 원나라 말에서 명나라 초에 활동한 유명 시인]이 「무제효상은체시(无题效商隐体诗)」란 작품에서 "청해 고원에서 자란 준마를 받아 가까이 두고[金埒近收青海骏], 비단으로 치장한 새장의 앵무새를 처음으로 날려 보내다[锦笼初放雪衣娘]."라고 읊기도 했다.

여하튼, 그녀는 두 차례나 출궁을 당하기도 하지만 현종의 총애를 한 몸에 받았고, 그녀로 인해서 양씨 가문의 사람들이 대거 득세하게 되었는데, 그녀의 큰 언니는 한국부인(韩国夫人)으로, 셋째 언니는 괵국부인(虢国夫人)으로, 여덟 번째 언니는 진국부인(秦国夫人)으로 각각 책봉되는가 하면, 그녀의 증조오빠[曾祖兄]인 양소(杨钊)는 재상이 되기까지 했다.

이처럼 그녀의 친족들이 중앙정치무대로 입성하게 되자 여러 가지 부작용이 따르게 되고 그 끝은 재상이 된 양소 곧 양국충(杨国忠)의 타도를 목적으로 하는 안록산[安禄山 : 唐朝 三镇 节度使]의 난으로 나타났다.

반란군이 장안까지 진격해 오자 현종과 그녀는 촉주[蜀州 : 현 四川 成都]로 피난길에 올랐는데, 반란군이 포위망을 좁혀오자 태감(太監) 고력사[高力士 : 당대 유명한 환관 가운데 한 사람 684년~762년]의 간언을 받아들여 현종은 자기 한 몸 살기 위해서 그녀를 죽이도록 내주었다 한다. 그녀는 결국 756년 7월 15일 마외역[马嵬驿: 장안에서 113리 떨어져 있는 산시성(陕西省) 홍평현(兴平县) 서(西)]을 지나면서 38세의 나이로 불당(佛堂) 배나무에 한 가닥 하얀 비단 끈으로 목을 매어 액사(缢死)당한 것으로 전해지고 있다[旧唐书 · 杨贵妃传 / 资治通鉴 · 唐纪 / 唐国史补 등].

양귀비[楊貴妃 : 719년 6월 22일~756년 7월 15일], 그녀의 이름은 양옥환(杨

玉环)이고, 도호(道號=法名)는 태진(太真)이며, 양태진(杨太真)·양옥(杨玉)·양귀비(杨贵妃) 등으로 불렸다. 서시(西施)·왕소군(王昭君)·초선(貂蝉) 등과 함께 중국 고대 4대 미인 가운데 한 사람으로 기록되어 있고, 그녀의 미모에 대해서는 당대를 대표하는 백거이(白居易)·두보(杜甫)·이백(李白) 등의 유명 시인들이 저마다 노래하기도 했다. 곧, 두보는 「哀江頭」라는 시 작품에서 밝은 눈동자와 하얀 치아[明眸皓齿]를 들었으며, 백거이는 온천수로 씻은 몸의 희고 매끄러운[温泉水滑洗凝脂] 피부에 대해 노래했으며, 이백은 「청평조(清平调)」라는 시 작품에서 옷은 구름을 생각게 하고 얼굴은 꽃을 떠올리게 한다[云想衣裳花想容]라고 용모자태를 노래했다. 이처럼 시인들은 그녀의 미모에 대해서 앞 다투어 노래했으며 숙명적인 죽음에 대해서도 이구동성으로 슬퍼하였다. 따지고 보면, 다 자업자득이지만 시인들은 역시 그녀의 미모와 젊음에 감동한 탓인지 자신의 일인 양 슬퍼하였다. 이익(李益)의 「마외를 지나며[过马嵬]」와 「마외를 지나며 이수[过马嵬二首]」에서 "임금이 버림으로써 연화는 피로 낭자했다[托君休洗莲花血]"했고, "태진의 피가 말발굽을 다 적셨다[太真血染马蹄尽]"라고 사실과 다르게 노래했다. 한편, 두목(杜牧)은 「화청궁30운[华清宫三十韵]」에서 "시끄러운 마외땅이 피로 물들고[喧呼

양귀비 초상화

马嵬血], 금위군의 창에 몰락하였다[零落羽林枪]"라고 했으며, 장우(张佑)는 「화청궁과 시종[华清宫和社舍人]」에서 "귀비의 아름다움이 피로 매장되다[血埋妃子艳]"라고 했으며, 온정균(温庭筠)은 「마외역(马嵬驿)」에서 "연기처럼 사라져 돌아오지 못하고[返魂无验表烟灭], 매장된 피가 푸른 풀의 수심만 자라게 한다[埋血空生碧草愁]"고 슬퍼했다.

[역사서 기록에 의하면 목을 매달아 죽었다 했는데 시인들은 웬 '피바다'를 떠올렸는지 모르겠다. 이미 죽은 시신을 도륙했다는 뜻인지 아니면 반란군이 금위군과 전투를 벌인 상황을 그녀의 죽음으로 환치시켰는지 알 수 없다. 양귀비에 대한 부분적인 사서 기록을 가지고 상상하며 추리하여 소설을 쓰듯 계속해서 글들이 나왔기 때문에 결과적으로 객관적 사실에 허구적인 요소들이 많이 가미되어 있는 상황이라고 보아야 옳을 듯싶다. 언제 어디서나 기록은 기록을 낳는 법이니까 말이다.]

-2014. 06. 26.

위 양귀비에 대한 글은 중국 바이두[百度] 백과사전에 기록된 내용을 중심으로 해독한 것이며, 사전에 언급된 일부의 문헌과 시인들의 작품을 웹페이지를 통해 참고하였다.

21

신(神)이 된 촉한(蜀漢)의 명장 관우(關羽)

낙양에 가면 명나라 때에 짓고 청나라 때에 증축한 '관림(關林)'이라고 하는 '사묘(祠廟)'가 있다. 중국의 삼국시대 촉한(蜀漢)의 명장(名將)이었던 관우(關羽: ? ~220) 사당이 있고, 무덤이 있는 곳이다. 물론, 그의 무덤은 이곳뿐만 아니라 허베이[湖北] 성 당양(當陽) 시와 쓰촨[四川] 성 청두[成都] 시에도 있다. 그러니까, 세 곳에나 그의 무덤이 조성되어 있다는 뜻이다. 뿐만 아니라, 그는 중국인들에게 '關公(관공)'·'美髯公(미염공)' 등으로 불리며, 이미 신앙적 숭배 대상이 되어 있는데 그 이유가 궁금하며, 역대 조정(朝廷)에서도 그에게 시호(諡號)를 내림은 물론이고 크게 포

관림

상하며 공경해 왔다. 그 예로, 청나라 때에는 '忠義神武靈佑仁勇威顯關聖大帝(충의신무령우인용위현관성대제)'라 하여, 마치 공자(孔子)를 '문성(文聖)'으로 추앙한 것처럼 그를 '무성(武聖)'으로 추앙하였다.

다른 한편, 중국불교에서는 그를 공양(供養) · 숭배(崇拜)하는 대사(大師 : 큰 스승)로 받아들이고 있고, 도교(道敎)에서는 '관성제군(關聖帝君)', '관제(關帝)'라 하여 도교의 법을 지켜주는 네 명의 장수 곧 호법사수(護法四帥) 가운데 한 분으로 모시고 있다. 참고로, 그 호법사수는

관우 초상화

①天蓬玉真寿元真君(천봉옥진수원진군) · ②天猷仁执灵福真君(천유인집영복진군) · ③翊圣保德储庆真君(익성보덕저경진군) · ④佑圣真武灵应真君(우성진무령응진군) 등이다.

관림의 정문으로 들어가서 제일 끝에 마련된 관우 장군의 무덤

그에 대한 역사적 기록은 오로지 『三国志 · 卷三十六 蜀書六 · 關長馬黃趙傳(삼국지 · 권36 촉서6 · 관장마황조전)』뿐이라고 여겨지며, 그곳에서의 기록은 그를 일개 충의인용(忠義仁勇)의 무장(武將)으로 기술하였지만 촉의 다섯 명의 장수[관우(关羽) · 장비(张飞) · 마초(马超) · 황충(黄忠) · 조운(赵云)]들 가운데 으

뜸이라 했으며, 삼절(三絶) 가운데 '의절(義絶)'이라고 그에 대한 의미를 부여하였다.

그는 출생연도와 출생지가 불분명하여 논란이 있어왔다는데, 삼국지에서는 나일천(哪一天)에서 태어났다고 신비스럽게 꾸며져 있지만, 일반적으로는 산시[山西] 성 원청[運城] 시 상평촌(常平村)에 있는 관제가묘(關帝家廟) 내 한 곳으로 추정한다.

그는 3남 1녀를 두었으며, 춘추전국시대 초(楚)의 도읍이자 삼국시대 촉(蜀)의 동쪽 관문이었던 형주(荊州 : 징저우)에서 조조(曹操)와 손권(孙权)의 협공(挾攻)을 받아 패하였고, 손권에게 사로잡혀 큰아들 관평(關平)과 함께 참수 당하였다 한다. 그의 수급(首級)은 조조에게 전해졌고, 조조는 장수의 예를 갖추어 낙양에 안장시켜 주었다 한다.

정작 내가 말하고 싶은 것은, 무장(武將)으로서의 그의 자질이나 능력이나 활약상이 아니라 '그의 무엇이 중국인들의 마음을 움직이어 숭배의 대상이 되었는가?'이다. 이곳 관림에서 뿐만 아니라 도교 사

관림사당에 모셔진 관우상

원 안에 조성된 불상(佛像) 같은 그의 큰 소상(塑像) 앞이나 그의 무덤 주변에는 늘 사람들로 북적거리고, 향불을 피우고, 헌금·헌물하려는 사람들이 유별나게 많다. 그는 분명 무장으로서의 한 인간이었지만 이미 인간을 넘어서서 도교의 호법신이 되어 있고, 그와 직접적인 관계가 없는 불교 사원에서조차 대사(大師)로 모셔지는 것을 보면 그에 대한 존경심이나 숭배의식은 중국인들에게 꽤 크고도 깊어 보인다.

도대체 무엇 때문일까? 내 짧은 생각으로는 이러하다. 곧, 그는 비록 최후에 적장에게 사로잡혀 죽음을 면치 못했지만 처음 모시던 주군에게 한결같은 충성을 다하고, 의리를 저버리지 않았으며, 부하들에게는 어질고, 전장에서는 용맹한 장수였기 때문이 아닐까 싶다. 그래서 그를 충의인용(忠義仁勇)의 장수라고 널리 평가하는 모양이다.

사실, 충(忠)과 의(義)는 함께 붙어 다닐 수 있지만 인(仁)과 용(勇)은 붙어 다니기가 쉽지 않다. 왜냐하면, 인(仁)은 문(文)에 가깝고 용(勇)은 무(武)에 가깝기 때문이다. 그래서 무인이 문사다운 기질을 갖기 어렵듯이, 문인이 무인다운 기질을 갖기 어려운 법인데, 그는 문무를 겸비했다는 점에서 높은 점수를 받는 것 같고, 또한 분명한 것은 불비한 조건과 상황 속에서도 죽음을 불사하고서 끝까지 의리를 지키고 충성을 다한 인물이라는 점이다. 그래서 조정에서는 그를 '무성(武聖)'이라 하여 무인(武人)의 본으로 삼기에 적절했을 것이다. 그의 자(字)는 운장(雲長)이요, 시호(諡號)는 장묘후(壯繆侯)이다.

유서 깊은 숭양서원(嵩陽書院)을 둘러보다

'서원(書院)'이라 하면, 우리는 대개 '소수서원(紹修書院)'이나 '도산서원(陶山書院)' 등을 떠올릴 것이다. 이때 '서원'은 특정 선현(先賢)의 가르침이나 유덕을 기리고 제사지내기 위해서 위패와 초상화를 안치해 놓은 사우(祠宇)와, 교육을 위한 시설[학사(學舍) · 도서관 · 기숙사 등] 등을 지어 학생들을 가르치던 사설 지방 교육기관을 가리킨다.

우리나라에서 사원은 주로 조선시대 중기에 발달했는데 ①선현제향(先賢祭享)과 ②후진 양성 및 교육을 위한 지방 사설기관 또는 ③향촌자치운영기구로까지 그 역할이 확대되었다 한다. 그러나 지방 양반층의 이익집단화 · 면세 면역 등으로 국고수입 감소 · 관학인 향교 외면 · 당쟁의 발원지가 되는 등 그 폐단이 많은 이유로 대원군이 집권하면서 전국 417곳에 산재해 있는 서원과 492개소에 달하는 사우(祠宇)들 가운데 47개소만을 남겨두고 모두 철폐하였다.

중국에서도 사원이라는 고건축물들이 오늘날 유명 관광지가 되어 있는데, 중국에서의 사원은 당대[唐代 : 618~907]로부터 시작되었고, 송대[宋代 : 960~1279]에 발전한 지방 민간 교육기관의 하나이다. 당대에서는 책을 읽기 위한 '서방[書房 : 오늘날의 도서관]'이었지만 사립(私立)과 관립(官立)으로 구분되었으며, 거의 비슷하게 균형을 이루고 있었다 한다. 그리고 송대에 발달한 서원은 대개 부유한 집안에서 교육을 위한 시설[학관(学馆), 학사(学舍) 등의 학교 시설물]을 짓되 산림이 우거지고 한적한 곳에 지었으며, 학전(學田)을 두어 토지 임대료를 받아서 운영 경비로 충당하였다 한다.

중국 내에 널리 알려진 유명 서원으로는, ①강서(江西) 성 려산(廬山)의 백록동서원(白鹿洞書院) ②호남(湖南) 성 장사(長沙)의 악록서원(岳麓書院) ③하남(河南) 성 상구(商丘)의 응천서원(應天書院) ④호남(湖南) 성 형양(衡阳) 석고산(石鼓山)의 석고서원(石鼓書院) ⑤하남1 성 등봉(登封) 태실산(太室山)의 숭양서원(嵩陽書院) 등을 친다.

나는 등봉(登封) 시에 머물 때에 숭양서원(嵩陽書院)을 둘러보았는데,

숭양서원

이 서원은 등봉(登封) 시 북쪽으로 3㎞ 떨어져 있는 준극봉(峻极峰) 아래에 있고, 송대의 4대 서원 가운데 하나이며, 2010년 유네스코 세계문화유산으로 지정되었으며, 중국고대서원건축과 당시 교육제도 등을 연구하는 귀중한 재원이며, 동시에 유가(儒家) 문화적 표본으로 평가된다.

서원은 대문(大門)·선성전(先聖殿)·진당(進堂)·도통사(道統祠)·장서루(藏書樓)·중앙통로를 중심으로 좌우 양쪽으로 배열된 방들로 구성되어 있는데 점유면적이 9984㎡라 한다. 전체적으로 보면, 중원지구 건축물에서 흔히 볼 수 있는 것처럼 기둥과 대들보는 채색 장식하였고[雕梁画栋(조량화동)], 칸막이나 벽 등은 붉게 칠하고 녹색 기와를 사용[紅墻綠瓦(홍장녹와)]하였다. 그 분위기는 소박하고 조용하지만 그 속에 단아함과 엄숙함이 깃들어있다. 이런 분위기를 두고 중국인들

대당비

은 '古朴幽雅(고박유아)', '大方不俗(대방불속)'이란 말로 표현한다. 더 거창하게 말하면, 예(禮)와 악(樂)이 조화를 이루어 상생하는 유가 사상(儒家思想)이 반영되었다고 한다.

정이(程頤 : 1033~1107)

범중엄(范仲淹 : 989~1052)

어쨌든, 이곳에는 535년에 세웠다는 중악숭양사비(中岳嵩阳寺碑)와, 744년에 세웠다는 대당비(大唐碑), 그리고 아주 오래된 측백나무 세 그루와, 명대(明代)에 등봉현 지도(登封县 地图)를 새겨 넣은 석각(石刻)과, 기타 정이(程頤 : 1033~1107)가 직접 손으로 심었다는 회화나무[槐]가 있다.

우리 귀에 익은 사마광(司馬光 : 1019~1086) · 범중엄(范仲淹 : 989~1052) · 정이(程頤 : 1033~1107) 등이 이 서원에 진학하여 수학한 곳으로도 유명한 서원이다. 이들은 모두 북송 때에 활동한 유명한 사람들로, 사마광은 『资治通鉴(자치통감)』을 펴낸 북송 때의 정치가요 사학가요 문인이었고, 범중엄은 『岳阳楼记』의 저자로서 사상가요 정치가요 군사가이자 문인이었으며, 정이는 『周易程氏传』 『经说』 등의 저자로서 교육자요 사상가였으며 이학가(理学家)였다.

나는 지난해 6월 16일 이곳을 방문했었는데, 무엇보다 아주 오래된 나무들이 이곳의 역사를 말해주는 듯했으며, 크거나 높지 아니한 소박한 건물들이 겸손하게 보였으며, 우아한 담장이나 정원 등에서 느낄 수 있는, 차분하게 가라앉은 분위기가 참 좋았다. 물론, 당시의 서원 운영체제나 이념이나 학문적으로 뛰어난 이곳 출신 사제(師弟)들의 사상을 엿볼 수 있게 설명 안내하는 도판들이 전시되어 있어서 잠시나마 역사공부를 다시금 하게 되는 면도 없지 않다. 혹, 둘러볼 기회가 있다면 우리의 서원과 비교해 가면서 들여다보는 것도 즐거움을 더해 주리라 생각된다.

사마광(司馬光 : 1019~1086)

5부

중국인들조차 평생 한 번 가보고 싶어 하는 황산에 다녀와서

1) 황산을 즐기기 위한 워밍업
-황산에 대한 기본 정보 이해

황산(黃山)이라 함은, 중국 안후이 성 남부에 위치해 있으며, 행정구역상으로는 현재의 황산 시 직할 관광지로서 중국 10대 명산[10대名山 : 山东 泰山 · 安徽 黄山 · 安徽 天柱山 · 四川 峨眉山 · 江西 庐山 · 吉林 长白山 · 陕西 华山 · 福建 武夷山 · 台湾 玉山 · 山西 五台山] 가운데 하나이다. 황산의 원래의 이름은 현의 이름을 따 '이산(黟山)'이었으나 전설상의 임금인 轩辕黄이 연주(炼丹 : 황산에 대한 비유어가 아닌가 싶다)에 있었다 하여 '황산'으로 개명되었다 한다.

명나라 때에 여행가였던 '서하객(徐霞客 : 1587 ~ 1641)'이란 사람이 이 황산에 오르면서 "薄海内外之名山, 无如徽之黄山(천하의 명산으로 휘주 땅의 황산만한 산이 없다.)" 라고 읊었으며, 그 후에 외지 사람들에 의해서"五岳归来不看山, 黄山归来不看岳(오악을 가보면 더 이상의 산을 볼 필요가 없고, 황산을 가보면 오악조차 볼 필요가 없다.)"라고 하여 이 황산의 아름다움이 극찬되어 왔다. 여기서 오악(五岳)이란 ①山东 泰山 1532.7미터, ②湖南 衡山 1300.2미터, ③陕西 华山 2154.9미터, ④山西 恒山 2016.1미터, ⑤河南 嵩山 1491.7미터 등을 일컫는다.

오늘날 중국 사람들은, 이 황산을 황산답게 하는 4대 요소로, ①기송(奇松 : 기이하게 생긴 소나무) ②괴석(怪石 : 괴상하게 생긴 바위) ③운해(雲海 : 구름바다) ④온천(温泉) 등을 들고, 볼만한 경점으로는 ①서해(西海 : 황산의 서쪽에 있는 경구) ②비래석(飛来石) ③천도봉(天都峰) ④비취지(翡翠池) 등을 치는데 참고할 만하다.

황산의 점유면적은 1,200평방킬로미터로 이 가운데 관광지로서 개발 개방된 곳은 160평방킬로미터. 이런 황산에는 36개의 큰 봉우리[大峰]와 36개의 작은 봉우리[小峰]가 있어 전체 72개의 봉우리가 어우러져 있으며, 이 가운데 최고봉은 해발 1864.8미터인 연화봉(蓮花峰)이며, 광명정(光明頂 : 1840미터) 천도봉(天都峰 : 1810미터) 순으로, 이 삼자를 두고 황산 3대 주봉(主峰)이라 한다.

그리고 황산 안에는 고개[岭]가 30곳, 바위 봉우리[岩]가 22곳, 계곡[洞]이 7곳, 물과 관련해서는 36源 · 24溪 · 20深潭 · 17幽泉 · 3飞瀑 · 2湖 · 1池 등이 있다 한다. 이러한 황산을 전체적으로 조망해 보면, 동(東) · 서(西) · 남(南) · 북(北) · 중(中) 다섯 조각으로 나누어 볼 수 있는데, 북쪽 지역을 '북해(北海)'라 하고, 남쪽 지역을 남해(南海)가 아닌 '전해(前海)'라 하며, 서쪽 지역을 '서해(西海)', 동쪽지역을 '동해(東海)', 한 가운데 지역을 '천해(天海)'라고 명명해 놓고 있다. [이것은 중국인들이 오랜 기간 동안 도교(道教)의 영향을 받았다는 사실을 반증해 주는 요소이다.] 이를 다시 남북으로 양분하여 말하면, 서쪽 지역을 '앞산[前山]'이라 하고, 동쪽 지역을 '뒷산[後山]'이라 한다. 앞산은 상대적으로 웅장

황산 제3봉인 천도봉을 에워싸고 있는 구름

하고 뒷산은 수려하다고들 흔히 말한다. 관광객들을 위해서 이를 편의상 다시 옥병경구(玉屏景区), 북해경구(北海景区), 온천경구(温泉景区), 백운경구(白云景区), 송곡경구(松谷景区), 운곡경구(云谷景区) 등으로 나누어 놓았다. 이렇게 큰 틀에서 황산을 이해해야 전체를 한 눈에 조망할 수 있게 된다.

여행자에게 있어 가장 중요한 기후는, 아열대계절풍 지대이고, 운무(雲霧)가 많고 습도(濕度)가 높으며, 1년 열두 달 중에서 비가 내리는 날이 180일이나 되는데 주로 4월에서 6월에 집중되어 있다. 눈이

황산의 비래석

쌓이는 날은 33일 정도 되며, 바람이 많이 부는 날은 119일 정도 된다 한다. 여름철 최고 기온이 섭씨 27도 정도로 그다지 무덥지는 않으며, 겨울철 최저온도가 영하22도 정도 되나 크게 추운 날이 많지 않다 한다. 연평균기온은 7.9도이다. 대체로, 산이 높고 계곡이 깊기 때문에 국지적으로 기상이 다를 수 있으며, 케이블카를 타는 곳에 설치된 안내 전광판에서 황산 안의 구간별 날씨를 예보해 준다.

이 황산은 1990년도에 유네스코 자연 · 문화유산으로 등재되었으며, 중국 국가 A5급 관광지이자 세계지질공원이기도 하다. 중국인들이 이 황산의 매력 가운데 한 요소로 치는, 기송(奇松)에 대해서는 약 80여 그루에 이름을 일일이 붙이고 그들 특유의 의미를 부여해 놓고 있는데 그것들 가운데 '10대 기송'이라 하여 영객송(迎客松 : 옥병루 동쪽

흑호송

에 있으며 황산을 상징함), 송객송(送客松 : 옥병루 우측에 있었으나 2005년 말라 죽었음), 포단송(蒲团松 : 연화봉 계곡), 견금송(竪琴松 : 卧云峰 측면 북쪽), 기린송(麒麟松 : 청량대), 탐해송(探海松 : 천도봉 뒤쪽), 접인송(接引松 : 시신봉), 연리송(连理松 : 散花坞과 始信峰 사이), 흑호송(黑虎松 : 시신봉), 용과송(龙爪松 : 시신봉) 등을 들고 있다.

그리고 기암괴석으로 이름 붙여진 곳이 무려 120여 곳 이상이 된다는데 그 가운데에서도 몽필생화(梦笔生花 : 꿈속에서 꽃을 그리는 붓), 희작등매(喜鵲登梅 : 仙人指路: 까치가 매화 위로 나르다), 노승채약(老僧采药:늙은 스님이 약초를 캐다), 소무목양(苏武牧羊 : 우거진 풀밭에 양을 치다), 비래석(飞来石 : 하늘에서 날아온 바위), 후자망태평(猴子望太平 : 猴子观海 : 원숭이가 태평이라 하는 구름바다를 바라보다) 등을 손꼽는다. 아울러, 황산 내에는 3대 폭포가 있는데, 인자폭포[人字瀑], 백장천[百丈泉=百丈瀑], 구룡폭포[九龙瀑] 등이 그것이며, 산위에는 북해빈관(北海賓館), 사림대주점(師林大酒店), 서해반점(西海飯店), 백운빈관(白雲賓館), 옥병루빈관(玉屛樓賓館) 등의 호텔이 있다.

그리고 케이블카가 세 곳에 설치되어 있는데, ①송곡암참(松谷庵站)에서 단하참(丹霞站)까지 운행하는 태평삭도(太平索道), ②자광각참(慈光閣站)에서 옥병참(玉屛站)까지 운행하는 옥병삭도(玉屛索道), ③운곡참(雲谷站)에서 백아령참(白鵝領站)까지 운행하는 운곡삭도(雲谷索道) 등이 그것이다. 내가 방문했을 때에는 태평삭도와 옥병삭도는 운행되지 않았으며, 유일하게 운곡삭도만 운행하고 있었다. 온천경구에서 바로 오를 수 있는 케이블카 공사를 하고 있었는데 아마도 이 공사 때문이 아닌가 싶었다. 어쩌면, 이 후에 황산을 방문하는 사람들은 새로 신설되는 케이블카를 타고 천해로 쉽게 오를 수 있으리라 본다.

현재는 황산에 오르려는 절대다수의 사람들이 운곡삭도를 타고 올라갔다가 북해경구 내지는 백운경구 등을 돌아보고 다시 운곡케이블카를 타고 내려온다. 이런 경우에는 황산의 3분에 1정도를 구경하는 셈이 되고, 그렇지 않고서 케이블카를 타고 올라왔다가 걸어서 북해 및 백운경구를 돌아본 다음 옥병경구를 거쳐 자광각으로 하산하는 사람도 있는데 이 경우에는 황산의 2분에 1정도를 보는 셈이다. 물론, 필자처럼 케이블카를 타지 않고 올랐다가 내려오는 사람도 있으나 황산의 주봉 셋 가운데 둘 이상 오르기는 쉽지 않다. 참고로, 필자는 두 차례 올랐으나 한 번은 연화봉과 천도봉의 두 철제문이 굳게 닫혀 있어서 오르지 못했었고, 두 번째에는 연화봉의 철제문만 닫혀 있어서 제1봉인 연화봉에 오르지 못했다. 설령, 두 봉우리로 오르는 철제문이 모두 열려 있다 하더라도 두 봉우리를 포함한 황산의 구석구석을 하루에 돌기에는 불가능하다고 판단된다. 결국, 하룻밤을 산위 호텔에서 자야한다는 뜻이다.

후자관해

2) 99.9% 돌계단으로 구축된 등산로

최소 서너 시간에서 최대 열 시간 정도에 걸쳐 나름대로 황산 트래킹을 마치고 나면 한 가지 특이한, 아니 이상한 점이 생각난다. 그것은 다름 아닌, 황산의 어느 부분을 몇 시간에 걸쳐 걸었든지 간에 흙 한 번 밟지 못한다는 '경이로움'이다. 현재 황산의 개방된 등산로의 99.9%가 모두 돌계단이나 인위적으로 만든 돌벽돌로 가공된 길이기 때문이다. 첫발을 떼는 순간부터 마지막 발걸음을 놓는 자리까지 모두가 인위적으로 가공된 길이다. 심지어는 아주 가파른 산비탈을 좁은 계단길로 오르내리는 구간[예 : 천도봉이나 연화봉 오르는 길]도 있는데, 이런 곳에는 마치 로프 와이어를 설치해 놓은 것처럼 한쪽 측면의 바위를 깎아내어 손잡이와 그 줄을 대신하고 있다. 그뿐만 아니라, 산봉우리 정상에서 내딛는 마지막 발걸음이 놓이는 꼭짓점 자

황산의 천도봉 가는 길과 정상의 모습

리까지도 가공되어 있다.

과연, 누가 어떠한 생각에서 그런 대대적인 난공사(難工事)를 벌였을까? 실로 놀라운 일이 아닐 수 없다. 나는 상상해 본다. 우리 같으면 관리자 입장에서도 그런 생각조차 내지 않거나 못할 것이다. 왜냐하면, 인건비도 비쌀 뿐만 아니라 그 누가 그런 위험을 무릅쓰고 돈을 벌겠다고 나서는 사람이 있겠는가. 자금도 자금이지만 자원자가 나올 리 없을 것이기 때문이다. 게다가, 자연의 아름다움을 있는 그대로 놓고 보자는 주의(主意)가 우리의 기본적인 태도이고 시각이기 때문이다. 물론, 일장일단은 있다. 중국인들처럼 사지가 멀쩡한 사람이라면 모든 사람이 같은 조건에서 걸어 다닐 수 있게 등산로를 인위적으로 구축해 놓고, 더 나아가 쉽게, 그리고 시간을 줄여서 들여다볼 수 있도록 케이블카를 여러 곳에 설치해 놓고 만인(萬人)으로 하여금 즐기도록 하는 데에는 경제적인 잇속을 염두에 둔 장사속도 없지 않지만 '인민 평등'이라는 정치적 목적을 실현시키는 그 한 단면으로도 생각된다. 이런 나의 일방적인 판단을 뒷받침해 주는 것이 있는데, 그것은 중국 내 유명 관광지에 가면 의례히 중국의 역대 주석들의 방문을 기념하여 내린 휘호를 액자로 만들어 걸어놓거나 비석 등으로 새겨 세워 놓은 사례가 흔하다는 사실이 바로 그것이다.

중국의 막대한 자금과 노동력과 기술이 황산이라는 자연을 - 비단, 황산만은 결코 아니다. 나는 태산(泰山) 숭산(嵩山) 아미산(峨眉山) 화산(華山) 외 기타 여러 산을 가보았지만 같은 맥락 위에 있다. - 인간의 문화적인 손길로 문명세계를 만들어 놓았다. 바로 그런 이유에서 유네스코에서는 이 황산을 '자연' + '문화' 유산으로 지정했겠지만 말이다.

여하튼, 나는 해발 800미터 대인 운곡참(雲谷站)까지 셔틀버스를 타

황산의 봄

연화봉 오르는 길

고가 그곳에서부터 걷기 시작했는데, 모든 사람들이 운곡사로 가든, 자광각으로 가든, 송곡암참(松谷庵站)으로 가든 등산을 시작하는 지점의 해발고도 비슷하지만, 참고로 내가 걸어서 간 길[코스]을 정리해 놓으면 이러하다. 곧, 황산버스터미널[湯口汽車中心站](셔틀버스) - 雲谷站 - 白鵝嶺 - 連理松 - 堅琴松 - 始信峰 (18羅漢朝南海) - 北海賓館 - 曙光亭 - 清凉臺 - 獅子峰 (猴子觀海) - 獅林大酒店 - 光明頂[氣象臺] - 海心亭 - 百步云梯 - 蓮花峰 밑 - 玉屛樓賓館 - 迎客松 - 一線天 - 天都峰 - 半山寺 - 立馬橋 - 慈光閣 - 황산버스터미널[湯口汽車中心站](셔틀버스)이다. 약 20여 킬로미터 거리이다.

하지만 아쉽게도 내가 걷지 못한 구간이 있다. 그것은 소위, 서해(西海)의 '몽환(夢幻)경구'인 백운빈관(白雲賓館) - 步仙橋 - 石人峰 - 松林峰 - 排云亭 - 丹霞峰 - 達磨面壁 - 西海賓館 구간과, 북쪽 끝인 芙蓉嶺 - 松谷庵站 - 老龍潭 - 老龍峰 - 轎頂峰 등의 北海 일부 구간이다. 혹, 다음 기회가 주어진다면 이 못 간 길부터 걸어보겠지만 나는 개방된 황산의 3분에 2정도를 걸어본 셈이 되었다.

평소에 나는 국립공원 북한산만을 매월 4~6회 정도 등산해 왔는데 한 차례 나가면 쉬는 시간 포함해서 보통 대여섯 시간 정도씩 걸었다. 한 시간에 평균 약 2킬로미터 정도씩 걷는다. 그래서 상당히 단련이 된 사람이라 할 수 있는데 이날 황산 계단길을 걷고 내가 체감한 것은 종아리 근육을 가장 많이 썼는지 그 종아리가 조금 당기는 듯했다. 흔히, 평소에 잘 쓰지 않는 근육을 갑자기 많이 쓰게 되면 그 부분이 지나치게 자극되어 아프게 마련인데 황산 계단길이 다른 어느 부위보다 종아리 근육을 더 긴장시켰던 것으로 보인다. 물론, 걱정했던 무릎이나 발목관절은 상대적으로 큰 부담이 되지 않았다.

그렇다고 모두에게 괜찮다는 뜻은 아니다. 절뚝거리며 하산하는 사람이 종종 눈에 띄었기 때문이다. 내가 판단하기에 우리의 북한산이나 도봉산 오르는 것보다는 그래도 균일한 계단길이 쉽다고 생각된다. 보통 사람의 경우 북한산에서 쉬는 시간 포함해서 한 시간에 2킬로미터씩 걸어도 12킬로미터 이상 걸으면 다리가 부담스럽고 풀리기 시작한다. 하지만 황산에서의 길은 그보다 쉬운 계단길이지만 그 이상을 걸어야 한다는 사실이다.

그리고 돈도 만만찮게 들어간다. 케이블카를 타지 않고 황산에 한 번 들어가는데 입장료만 230위안이 든다. 케이블카를 한 차례[편도]만 타도 80위안을 더 내야 하고, 왕복으로 타면 10위안이 할인되어 150위안이 든다. 그리고 산에서 물 한 병은 보통 10위안이다. 황산에 한 번 올라갔다 내려오는데 돈이 얼마나 드는지 대충 계산해 보면 짐작되리라 믿는다.

참고로, 나는 배낭 속에 무엇을 넣어 갔는가? 솔직하게 그 내용을 밝히자면 이러하다. 곧, 꿀을 타서 끓인 커피 담은 보온병 하나, 오곡 미숫가루에 꿀을 탄 물병 하나, 시중에서 파는 일반 물 한 병, 중국차(茶) '다과보' 한 캔, 그리고 말린 앵두[櫻桃]에 설탕을 뿌린 일종의 견과류 조금, 나의 평상시 비상식량인 볶은 쌀과 인삼과 마를 섞어 만든 분말 조금, 그리고 서울에서 가져간 초콜릿과 달작지근한 과자류 조금이었다. 물은 네 병 이상을 마신 셈인데 부족하여 산 정상에서 스포츠 음료 한 병을 더 사마셨다. 하지만 나의 배낭 속에는 온갖 약들이 다 들어있는 비상 약상자가 들어 있었으며, 무릎 보호대가 있었고, 황산 지도와 메모지, 그리고 얇고 가벼운 바람막이 웃옷 등이 들어 있었다.

황산의 봉황원

3) 부용계곡[芙蓉谷]과 비취계곡[翡翠谷]

중국 사람들은 황산의 구석구석을 자랑하는 데에 아주 열성적이다. 사실상 외지에서 단체 여행객으로 와 - 국내외 사람 대다수가 그렇게 여행하는 것이 일반적임 - 제한된 시간에 다 둘러 볼 수 없는 데에도 그 주변 변두리까지 빠짐없이 홍보하기에 정성을 다 쏟는다는 뜻이다. 그 실례가 바로 부용계곡과 비취계곡이다.

부용계곡[芙蓉谷]은 '춘곡(春谷:봄의 계곡)'이라는 애칭을 갖고 있는데, 황산의 북대문(北大門)에서 10킬로미터 떨어져 있고, 황산 북쪽 기슭의 깊은 계곡으로 아래쪽에는 황벽담(黃碧潭)이 있으며, 송곡암참(松谷庵站)에서 단하참(丹霞站)으로 케이블카를 타고 가 황산의 북해(北海)와 서해(西海)로 오를 수 있는, 원시림이 우거지고 기이한 바위들이 널려 있는 신비한 계곡이라 한다. 그 길이가 10킬로미터에 달하며, 그 안에는 크고 작은 지(池)와 담(潭)이 100여 곳 이상 있다. 입장권은 98위안이다.

비취계곡은 황산의 동쪽에 있는데, '정인곡(情人谷)'이라는 별칭을 갖고 있으며, 계곡의 발원지는 연단봉(煉丹峰)과 시신봉(始信峰)이며, 그 길이는 6킬로미터이며, 그 안에 채지(彩池 : 빛깔이 있는 물이 고인 웅덩이)가 수백 개에 달한다 한다. 탕커우[湯口] 셔틀버스 터미널에서 약 8킬로미터 떨어져 있는데 여름철에는 수량이 풍부하고 기온이 서늘하여 여름철 피서지로 각광을 받고 있다 한다. 특히, '天下第一麗水'라는 평을 받고 있으며, 그 유명한 영화 「臥虎藏龍」 촬영지 가운데 한 곳이기도 하다. 입장권은 75위안이다.

우리도 무슨 드라마, 무슨 영화 촬영지라고 소개하며 관광객들을 유인하듯이 중국 사람들도 마찬가지이다. 곳곳이 영화 촬영지이고, 드라마 촬영지라고 홍보하기에 열을 낸다.

이 두 곳은 내가 황산에 두 번 올랐으나 가지 못한 길에 있는 경점으로 그 아쉬움을 달래며 다음을 가약하면서 그에 대한 정보를 간추려 소개하였다.

도교 불교 유교 등의 영향 하에서 붙여진 산봉우리 이름들

-황산과 주화산을 중심으로

황산에는 72개의 봉우리가 있다는데, 그 가운데 제1봉이 연화봉(蓮花峰)이요, 제2봉이 광명정(光明頂)이요, 제3봉이 천도봉(天都峰)이다. 기타, 시신봉(始信峰), 선인봉(仙人峰), 선녀봉(仙女峰), 망선봉(望仙峰), 선도봉(仙都峰), 관음봉(觀音峰), 구룡봉(九龍峰), 석순봉(石筍峰), 서적봉(書籍峰), 상승봉(上昇峰), 타배봉(駝背峰), 부용곡(芙蓉谷), 비취곡(翡翠谷) 등이 있고, '십팔나한조남해(十八羅漢朝南海)'와 '몽필생화(夢筆生花)', '후자관해(猴子觀海)'라 불리는 경점(景点)과 관음석(觀音石) · 비래석(飛來石) 등도 있다.

그리고 주화산에는 99개의 봉우리가 있는데, 그 가운데에 제1봉이 시왕봉(十王峰)이요, 제2봉이 칠현봉(七贤峰)이요, 제3봉이 천태봉(天台峰)이다. 기타, 천문봉(天門峰), 회선봉(會仙峰), 연화봉(蓮花峰), 연대봉(蓮台峰), 나한봉(羅漢峰), 관음봉(觀音峰), 비래봉(飛來峰), 오노봉(五老峰), 부자봉(佚子峰), 목어봉1, 오지봉(五指峰), 서적봉(書籍峰), 사모봉(紗帽峰), 용두봉(龍頭峰), 문수령(文殊嶺) 등이 있고, '선인쇄화(仙人晒靴)'와 '선어시해(鮮魚0海)'라 하는 경점과 관음석(觀音石) · 천심석(天心石) · 길상석(吉祥石) 등도 있다.

한자를 조금 아는 사람이라면, 이들 산봉우리 이름들과 경점들만을 소리 내어 읽어도 이들의 이름을 붙인 중국 사람들의 머릿속에는 불교(佛教)와 도교(道教)의 가치관이, 더러 유교(儒教)의 가치관까지도 아주 뿌리 깊게 박혀있다는 사실을 금세 알아차릴 수 있을 것이다. 왜냐하면, 아주 오래된 도교・불교와 직간접으로 연관되어 있는 어휘들이 대거 동원되었고, 그들 외에 유교와 가까운 어휘도 간혹 눈에 띄고, 그 외에 것들은 봉우리의 형태나 자연적인 현상에 의한 주변 빛깔 등과 관련해서 그 이름들이 붙여졌기 때문이다. [물론, 더 나아가 살펴보면, 중국 내에서는 불교의 성산(聖山)과 도교의 성산이 따로 나누어져 있기도 하고, 또 어떤 산은 도교 불교 유교 등의 사원이 두루 어울리어 있기도 하다.]

여하튼, 위 황산과 주화산의 산봉우리에 붙여진 이름들로써 불교와 관련된 대표적인 어휘를 들라면, 연화(蓮花)・나한(羅漢)・시왕(十王)・관음(觀音) 등을 들 수 있고, 도교(道教)와 관련된 대표적인 어휘를 들라면 선인(仙人)・선녀(仙女)・용(龍)・천(天) 등을 들 수 있다. 그리고 유교와 관련된 대표적인 어휘를 들라면 칠현(七賢)・천심1・길상(吉祥) 등을 들 수 있을 것이다.

이처럼, 산봉우리나 산속의 특별한 경점들을 설명하기 위해서 동원한 어휘들만을 떼어내어 눈여겨보아도 표현자인 사람들에게 잠재

주화산의 천태봉

되어 있는 관심(關心)이나 의식(意識)이나 지식(知識) 등의 요소와 무관하지 않음을 알 수 있다. 따라서 '사람의 머릿속에 무엇이 들어 있느냐?'는 대단히 중요하다. 다시 말해, 무엇에 관심을 가지고 있고, 어떠한 지식을 얼마나 가지고 있으며, 또 무엇을 마음속에 품고서 믿느냐에 따라서 소소한 대상과 세상을 보는 눈이 달라지는 것이다. 더 구체적으로는, 상상의 영역이 달라지고, 가치 판단의 척도가 달라지며, 심지어는 행동양식까지도 달라지게 마련이다. 그래서 종국에는 삶의 방식이나 태도나 시각 자체가 달라지고, 부여되는 삶의 의미 또한 달라져버리기도 하는 것이다.

실로, 오랫동안 도교와 불교와 유교라고 하는 사상적 기둥이 박혀 있어서 그 영향을 직간접으로 받으며 살아온 중국 사람들은 - 우리도 크게 다르지 않지만 - 산봉우리를 보아도 그와 관련지어서 상상하며 생각했다는 뜻이다. 물론, 오랫동안 중국의 한자 문화권 안에서 영

18나한이 아침 남해바다를 바라본다는 뜻의 '18羅漢朝南海'

향을 주고받으며 살아온 우리도 사실상 그들과 크게 다를 바 없다. 곧, 중국으로부터 들어온 도교 불교 유교의 영향이 적지 않았고, 지금까지도 그 영향으로부터 자유롭지는 못하기 때문이다. 집단적 무의식처럼 유전되어 내려오고 있다는 사실은 앞의 글「알쏭달쏭한 도교의 피가 흐르는 이 몸」에서도 확인할 수 있으리라 본다.

우리의 특정 산봉우리에 붙여진 이름만을 가지고 말하더라도 그 증거가 있다. 중국에 있는 지명과 같은 이름을 쓰는 우리의 지명이 적지 아니한 경우를 배제하더라도 우리의 국립공원 '북한산' 내에 있는 산봉우리들에 붙여진 이름들을 통해서도 얼마든지 확인할 수 있다. 곧, 승가봉, 문수봉, 보현봉, 나한봉, 나월봉, 원효봉, 의상봉, 선인봉, 인수봉, 용암봉, 성덕봉, 덕장봉, 향로봉 등이 그들이다.

전형적인 왕 서방의 상술

우리 한국 사람들이 관심을 갖고 있고, 또한 가보고 싶어 하는 '민족의 성산'이라 불리는 백두산 천지(天池)에 정체 모를 괴물이 살고 있다고 주장하는 목격담을 흘리면서 은근히 유포시키는 일이 간간이 있어왔음을 부인할 수 없다. 그들 목격담 관련 기사들을 보노라면 처음에는 목격자의 개인적인 상상이나 착시에 의해서 얘기되어졌던 것으로부터 시작해서 어떤 목적성을 띠고 적극적으로 조작되어오지 않았나 싶을 정도의 의구심마저 드는 것도 있겠다는 생각이 들었다.

백두산 천지

우리나라 언론에서도 중국 발 관련 소식을 앵무새처럼 옮기고 있는 것을 확인할 수 있는데, 근자에는 2011년 7월에 연합뉴스를 비롯하여 대다수의 언론사들에서 보도한 내용이 그 증거라 할 수 있다. 이들을 살펴보면, 어디까지나 "~따르면"이라는 조건이 붙어 있고, 같은 내용을 가지고 긍

정하고 부정하는 양자의 주장을 나란히 곁들여 놓는, 그래서 책임을 지지 않으려는 성격의 기사 내용들이 대부분이다. 결과적으로, 진위 여부는 독자의 판단에 맡기고 우리는 그저 소개할 뿐이니 마음껏 상상해보라는 것만 같다.

중국 신장[新疆] 아얼타이[阿勒泰] 지구 부얼진[布尔津] 현으로부터 북서쪽으로 120킬로미터 떨어져 '카나스[喀納斯]'라고 하는 유명한 빙하호수가 있는데, 중국인들은 이 호수를 소개할 때에 "전설에 의하면, 길이 10미터에 달하는 '대홍어(大红鱼)'가 살고 있다"는 말을 빼놓지 않는다. 그러면서 거짓말을 할 수야 없는 노릇이기에, 그나마 양심이 살아있다는 뜻이겠지만, 과학적 추측에 의하면, 대형 냉수성 담수 식육어류인 '저뤄귀[哲罗鲑(学名 : Hucho taimen)]'로 판단된다는 설명을 덧붙이고 있다. 그렇지만, 인근 도시인 부얼진에 가면 우리의 먹자골목 같은 곳이 조성되어 있는데 그곳 음식점들에서는 '대홍어(大红鱼)'를 팔고 있다고 안내문이 곳곳에 붙어있는 것을 볼 수 있다.

솔직히 말해, 나도 그곳을 거닐면서 호기심에 한 번 먹어볼까 생각을 했었는데 너무 무더운 날씨인데다가 음식점들의 위생 상태가 썩 좋아 보이지 않아서 그만 포기하고 말았던 추억이 있다. 하긴, 이스라엘의 갈릴리 호수에서 잡힌다는 붕어 비슷한 물고기를 두고 일명 '베드로의 고기'라 하여 예수교 경전인 성경 속의 내용들을 환기시켜

카나스 호수

저뤄귀

주기도 하면서, 예루살렘의 식탁 위로 그 물고기가 올라오는 것을 보았으며, 이스라엘을 홍보하는 책에서도 사진과 함께 소개된 것을 읽은 적이 있는데 이 또한 같은 맥락의 상술(商術)이라고 나는 생각한다.

이처럼, 어떤 대상에 대하여 신비하게 혹은 애매모호하게 꾸미고, 이미 널리 알려진 대상과 연관시키면서 객관적인 의미를 부여하는 것처럼 위장함으로써 사실상 호기심을 부추기고 동시에 상업적 이윤을 창출시키고자 하는 '꼼수'를 중국인들이 유별나게 잘 둔다는 것은 널리 알려진 사실이다. 굳이, 또 하나의 예를 든다면, 간쑤성[甘肅省] 둔황[敦煌] 명사산(鳴砂山) 내에 있는 월아천(月牙泉)을 홍보하는 데에 중국인들은, 신기한 점 4가지와 보배 3가지를 들고 있다. 곧, 4가지 신기한 점이란 ①월아천의 모양새가 옛날이나 지금이나 변하지 않고 ②더러운 땅을 깨끗하게 정화시키는 물이 고여 있으며 ③그 물이 사막 가운데에 넘치지 아니하며 ④이곳에 사는 큰 물고기를 먹으면 늙지 않는다는 점이고, 3가지 보배란 ①철배어[铁背魚 : 톄베이위] ②오색사[五色沙 : 우써사] ③칠성초[七星草 : 치싱차오] 등을 친다. 실로 그럴듯한 말이고, 듣거나 보는 이로 하여금 명사산의 월아천을 더욱 신비롭게 바라보게 하는 데에 일조함에 틀림없다. 이것이 중국 왕서방이 곰을 부리는 상술 가운데 하나이다.

명사산

하긴, 이런 상술쯤이야 어디 중국인들에게만 있는 것인가. 터키 남서쪽에 위치한 '셀축'이라는 작은 도시의 '아야술록'이라는 언덕에 가면, 예수교에서 유명한 사도 요한의 무덤이 있는데, 그곳에 가면 안내판에 '죽은 그를 덮었던 흙이 살아서 숨을 쉬는 듯 움직였고, 그가 승천하여 하늘로 올라갔는지 알 수 없다'는 식의 애매모호한 말이 기술되어 있음을 볼 수 있었다. 그런가 하면, 그리스 '필립피'라고 하는 유적지에 가면, '성 바울의 무덤'이라는 팻말이 붙어있는 동굴 비슷한 곳이 있는데 솔직히 말해 바울이 갇히었다는 성경에 기록된 감옥과는 거리가 멀어 보였었다. 그럼에도 불구하고 이곳을 찾은 순례자들은 한결같이 고개를 끄덕이며 아무런 비판의식 없이 받아들이고 있는 것이다.

이러한 일련의 문구나 유적지에 대한 설명문이 지구상에 어디 한두 곳이겠는가 마는 특정 종교나 인물이나 사건이나 자연현상이나 요소들에 대해서 호기심과 신비감으로 덧칠하면서 그 의미를 부여함으로써 사람들의 관심을 사고 한 사람이라도 더 방문해 보도록 유도하겠다는 현실적인 목적이 반영된 것이라고 나는 판단한다. 이것들이 다 내 눈에는 왕서방이나 왕서방 같은 사람들이 부리는 꼼수로서 장사속일 뿐이다.

문제는 우리가 곰이 되어서 그 왕서방으로 하여금 돈을 벌어 가로

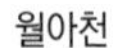

월아천

채지 못하게 해야 하는데 대개 우리는 감성적이어서 잘 속아 넘어가는 경향이 있다면 지나친 표현일까. 어디가 어째서 좋다하면 우르르 몰려다니는 속성이 말해주고, 무엇이 몸에 좋다하면 너도나도 앞을 다투어 구해 먹는 성향이 잘 말해준다고 생각한다. 나라 밖 여러 곳을 여행하다보면 '이곳에 손을 넣거나 만지면서 기원하면 소원이 이루어진다'고 은근슬쩍 떠벌리는 것들이 얼마나 많던가. 그런 곳마다 사람들의 손때가 묻어 반질반질해진 것을 볼 수 있는데 다 같은 꼼수인 한 통속이라고 나는 생각한다.

이제부터는 돌탑 모서리에 손을 대지 말고, 여체의 유방이나 남근석에 손을 대지도 말며, 무언가를 기대하며 손을 내밀려는 자신의 마음을 굽어보며 어떠한 유혹이나 그럴싸한 말이 있더라도 그들 대상과 거리를 두고 바라볼지어다. 모름지기!

둔황의 명사산 월아천에 대한 이야기는 이시환의 여행기 『여행도 수행(修行)이다』를 참고하면 되고, 사도 요한의 무덤과 사도 바울의 감옥 등에 대해서는 이시환 지중해 연안국 여행기 『산책』에서 관련 정보를 확인할 수 있다.

6부

중국인들의 숨통 구실을 하는 야시(夜市) 문화

중국을 여행하다보면, 크고 작은 도시마다 밤에 포장마차 대열이 일정한 거리나 광장을 점령하면서 형성되는 소위 '먹자골목' 혹은 '광장시장'들을 볼 수 있다. 그러한 곳 가운데 어떤 곳은 아예 처음부터 그런 시장이 형성될 수 있도록 도시 자체가 계획된 곳도 있다. 그러한 곳은 대개, 일정한 구역 좌우로 신축건물에 상점들이 밀집되어 있고, 그 사이 대로나 격자형 광장에 탁자와 의자들을 내어놓고 야외식당처럼 영업을 하는데 공연을 할 수 있는 무대까지 마련되어 있기도 하다. 그런가 하면, 몇 몇 인기 있는 음식점들이 가게 앞의 인도(人道)를 십 수 미터씩 차지한 채 길거리 야외식당처럼 밤에만 영업을 하는 곳도 있다.

현지에 사는 사람들은 그런 곳들에 삼삼오오 혹은 단체로 모여 앉아서 저녁식사를 겸해서 음식을 시켜놓고 맥주나 고량주 등을 마시며 왁자지껄 떠들어대며 공연을 즐기기도 한다. 간혹, 남녀 군중 속에서 웃통을 다 벗고 앉아 뚱뚱한 아랫배를 과시하기라도 하는 듯한 건장한 사내들도 눈에 띈다. 그렇다고 누구 한 사람도 이상하다고 여기지는 않는 것 같다. 물론, 외국에서 온 여행자들에게는 이런 풍경이 낯설기도 하고, 재미있기도 하고, 내심 호기심을 유발시키기도 한다. 그런 탓인지 그런 분위기에 같이 어울려 음식과 분위기를 즐기려는 일면도 없지 않아 보인다.

나도, 900년 왕도(王都)로서 고대문명의 풍요를 누렸던 낙양(洛陽)과, '포청천'의 도시 개봉(開封)과, 신장성의 성도인 우루무치[烏魯木齊], 그리고 만리장성의 서쪽 기점인 자위관[嘉峪關]과, 중국 내에서 유일하게 북극해로 흐르는 어얼지쓰 강이 있는 부얼진[布尔津]과, 그리고 막고굴과 명사산으로 유명한 관광도시인 둔황[敦煌]과, 중국 최대 옥(玉) 산지인 화전[和田] 등 적지 아니한 도시에서 야시를 둘러보았고, 직접 음식도 시켜 먹어 보았지만 그 규모나 주 메뉴나 분위기 등은 지역마다 사뭇 다르다. 물론, 갖가지 기념품이나 수공예품이나 액세서리 등 소품들을 판매하는 거리도 있지만 분명한 사실은 어디를 가나 먹고 마시는 음식류가 단연 최고의 인기임에는 틀림없어 보인다.

낙양고가야시

그만큼 그 수가 많고 실제로 많은 사람들로 북적이기 때문이다. 각종 수산물로부터 시작해서 육류 조류 양서류 곤충류 민물고기류 면류 등에 이르기까지 별의별 희한한 것들이 탕·튀김·찜·구이·무침 등으로 팔리고 있는데, 그야말로 세상에 존재하는 먹거리가 모두 다 나와 있는 것처럼 보인다. 심지어는, 개구리 전갈 지네 뱀 등을 파는 곳도 있다. 그리고 '한국식'이라 하여 닭백숙이나 떡볶이 김밥 등을 파는 포장마차도 그 대열 속에 끼여 있음도 여러 곳에서 보았다.

사람들로 발 디딜 틈조차 없이 북새통을 이루는, 절정의 시간에 그런 야시에 들어서노라면 그 일대에서 피어오르는 연기와 냄새가 뒤섞여 진동한다. 그야말로 이곳만은 별천지 같다. 특히, 꼬치구이를 파는 포장마차에서는 대형선풍기를 하늘로 향해 돌리기도 하는데 솟구치는 연기가 그곳 조명불빛에 푸르스름하게 보이는데 좀 떨어져서 바라보면 여느 대형공장 안 작업실 같기도 하다.

중국 전역의 도시마다 같은 시간대에 이처럼 고기와 온갖 야채를 굽고 튀기고 볶느라고 미세먼지를 포함한 연기를 배출한다고 생각하니, 이를 지구 대기권 밖에서 바라본다면 과연 어떨까 하는 우려 섞인 궁금증도 생기는 게 사실이다. 비단, 중국의 천장 없는 길거리에서 뿐 아니라 전 세계 대도시의 크고 작은 레스토랑이나 공장지대에서 피어내는 그것들을 생각하면 어두운 그림자가 우울하게 어른

야시의 인파

거리는 것도 부인할 수 없다. 우리의 종로 뒷골목 좁은 길을 걸을 때마다 작은 식당들의 환풍기가 강제로 밀어내는 끈적거리고 후덥지근한 공기로 온몸을 휘둘릴 때에 느꼈던 불쾌감과 숨 막히는 듯한 상황이 떠오르기 때문이다. 결국, 나 자신을 포함한 우리 인간의 소비활동이 바로 지구와 인류의 목을 조르는 주범이 되는 셈이다.

그런 걱정도 우려도 잠시, 음식을 주문해 놓고 의자에 앉아 있거나 시킨 음식을 먹노라면 손 닦을 휴지를 파는 사람, 술을 파는 사람, 삶은 콩과 야채를 파는 사람들이 따로따로 와서 의사를 타진하기도 한다. 이 안에서도 철저하게 분업이 이루어지고 있다는 증거다. 물론, 지역마다 다르겠지만.

인구가 많고 땅이 넓은 중국의 이런 야시문화를 멀리감치 서서 바라보노라면, 이것이 민중들의 '숨통' 구실을 할 것이라는 생각도 든다. 고단한 하루일과를 마친 사람들이 저녁식사를 하면서 좋아하는 술도 한 잔씩 걸치고 떠들면서 쌓인 피로와 스트레스를 날려 보내는 배설구로서 말이다. 이는 하루일과를 마치고 공원이나 광장에 모여서 음악에 맞추어 단체로 추는 춤이나, 가벼운 운동이나, 마작이나, 악기연주 등과 같은 여가활동보다도 더 요긴한 것이리라. 금강산도 식후경이고 먹어야 살기 때문이다.

사진은 내가 보았던 야시들 가운데 그래도 가장 잘 정리 정돈된 낙양[뤄양]에 있는 야시 거리이다.

우리의 콩국 같은 '더우장[豆漿]'을 마시며

중국을 배낭여행하면서 아침식사를 간단히 먹고 길을 나서려면 무엇을 먹어야 할까? 물론, 사람마다 다르고, 식성과 기호에 따라 다르겠지만 나는 우리의 콩국수에 들어가는 '콩국'과 같은, 그렇지만 아주 따뜻한 '더우장[豆漿]'에다가 흔한 작은 만두 서너 개가 아니면 기름에 튀겼으나 스펀지처럼 부드러운, 별 맛없는 빵 한 쪽[餜子: 궈즈]을 먹으면 그만이었다. 하지만 이게 싫다면 '훈툰[餛飩(혼돈)]'이라 불리는, 시원한 국물에 아주 작고 부드러운 만두가 들어가 있는 '만둣국' 한 그릇이면 그만이었다.

더우장

아침마다 숙소 인근 허름한 식당에 가서 만두나 빵을 조금 먹으면서 그 더우장을 마시곤 했는데 그때마다 어머니가 집에서 특별하게 만들어 주셨던 콩국수에 들어가는, 그 부드러운 콩국을

생각하곤 했다. 지금도 기억에 생생하지만 콩을 물에 불려 놓았다가 그 불린 콩을 솥에 넣고 푹 삶았다. 그 삶은 콩을 맷돌에 간 다음 -70년대 중반부터는 '믹서'라는 전자제품이 나와서 보다 손쉽게 갈아서 만들어 먹었지만- 그것들을 아주 촘촘한 체에 밭쳐 빠져 나오는 콩물만 차게 보관했다가 삶은 국수에 넣어 먹었던 것이다. 물론, 걸러진 콩 지게미는 아깝지만 가축 사료로 사용하였었다. 그 부드러운 콩국수를 먹다가 친구 집이나 식당에 가서 거칠거칠한 콩 지게미가 든 콩국수를 먹기란 쉽지가 않았던 젊은 날의 기억이 내 뇌리에 박혀 있다.

그런데 이곳 중국에서 한족(漢族)들이 그런 콩국을 즐겨 마신다니 놀라운 일이 아닐 수 없다. 여기서는 양념간장이나 설탕을 쳐 먹기도 하는데 기록에 의하면, 서한[西汉 : 기원전202년~기원후9년]시대 회남왕(淮南王) 유안[刘安 : 기원전179년~기원전122년]이 처음으로 만들었다 하니 실로 오래된 전통 음료임에는 틀림없어 보인다. 만드는 방법도 대두(大豆)를 물에 불려 맷돌에 갈아서 거른 다음 펄펄 끓이는 것으로 보면 우리와 별반 다를 바 없다.

콩이야 식품영양학적으로 '밭에서 나는 소고기'라 불릴 정도로 단백질이 풍부하지만 칼슘 철 아연 인 비타민B1 B2 니코틴산 등도 비교적 다량 함유되어 있을 뿐 아니라 소화 흡수가 잘 되어 건강식품 가운데 하나라는 사실만은 널리 알려져 있다. 바로 이런 사실에 근거하여 오늘날에는 보다 발달된 기술로 '두유(豆乳)'라 하여 우리나라나 중국에서도 다종다양한 제품들이 쏟아져 나와 시판되고 있지만 어쨌든 아침식사 때에 식당으로 나와 기름에 튀긴 빵을 이 더우장에 적셔 먹는 중국인들을 보니 다들 나름대로 먹고 사는 방법이나 기술을 가지고 있다는 생각이 들었다.

나는 칭다오[青島] 뤄양[洛阳] 덩펑[登封] 시안[西安] 등에서 여행할 때에 참 많이 마셨는데, 특히, 덩펑에서는 가족들이 직장으로 학교로 가기 전에 오토바이를 타고 나와 식당 안과 식당 앞 인도까지 점령한 채 간이식탁에 앉아서들 아침식사로 간단히 이 더우장에 빵을 적시어 먹는 사람들이 많은 것을 보았고, 나도 그들 속에 끼여 먹기도 했었다.

그런데 나중에 안 사실이지만 놀라운 것은, 오늘날 중국에서 수입하는 콩의 대부분이 남미의 아르헨티나 산이라는 것이고, 아르헨티나의 콩은 이미 세상에 드러난 것처럼 몬산토[monsanto]라는 대기업에서 유전자를 조작한 종자로 재배한 것이고, 또한 재배과정에서 맹독성 농약살포로 현지 농민과 어린이들이 기형적인 질병에 시달리고 있는 무서운 상황 속에서 수확된 것이라는 점이다. 그러니까, 알고 보면 철새조차 먹지 않고 피한다는 유전자 조작 콩에다가 인체에 무서운 질병을 유발시키는 맹독성 농약살포로 재배한 콩이라 하니 솔직히 소름이 돋는다.

이제 지구촌에 살고 있는 우리는 그 어디에 살든 운명공동체나 다름없다. 한쪽에서는 방사능에 오염된 물고기가 식탁에 오르지 않나 걱정해야 하고, 다른 한쪽에서는 유전자조작 식품을 걱정해야 하며, 또 다른 한쪽에서는 환경호로몬에 노출된 상황 속에서 살아가야만 하니 미래 세대를 생각하면 당장 하던 일을 멈추고 어떻게 사는 것이 진정으로 바른 삶인지 깊이 생각해 보아야 할 것이다.

따지고 보면, 다 우리 인간들이 자신의 욕구를 지나칠 정도로 충족시켜 가는 과정에서 비롯된 자업자득(自業自得)임에는 틀림없다. 그러니 더 늦기 전에 모두가 같은 문제를 놓고 같이 심사숙고해보는 시간이 필요하리라 본다. 이미 반평생 이상을 살아온 나는 괜찮을지 몰라도 내 자식 내 손자 손녀들은 그런 상황으로부터 결코 자유롭지 못할 것이다. 그들이 기형적인 질병을 얻어 정신적으로나 신체적으로 고통스럽게 살지 말라는 대책도 대안도 없는 상황이고 보면 시간이 흐를수록 위험하고 불안한 상황은 더욱 확대 심화될 것이 분명하기 때문이다.

아뿔싸, 이를 어찌하랴. 시끄러운 '자유'·'민주'를 강조하는 정당이 필요한 게 아니라 지구의 안녕과 인간 생명의 안전을 합리적으로 추구하는 정의로운 녹색당이 필요한 게 아닌가 싶기도 하다.

나는 믿는다, 인류 최대의 적(敵)이 다름 아닌 인간 자신이라는 사실을.

'훈툰[餛飩]'이라 불리는 만둣국

중국에 가면 한족(漢族)의 전통 밀가루 음식 가운데 하나인 '훈툰[餛飩(혼돈)]'이라 불리는 만둣국이 있다. 이 훈툰을 우리 음으로 읽으면 '혼돈'이 되는데, 떡 혼 자(字)에 찐만두 돈 자의 합이다.

훈툰은 중국 북경을 중심으로 북방 등지에서 통상적으로 사용되는 용어이고, 사천(四川)에서는 '묘수(抄手)라 불리고, 호북(湖北)에서는 수교(水饺:물만두) 또는 포면(包面)이라 불리고, 강서(江西)에서는 청탕(清汤)·포면(包面)·운탄(云吞) 등으로 불리며, 광동(广东)에서는 운탄(云吞)으로, 복건(福建)에서는 편식(扁食)·편육(扁肉) 등으로 불리기도

'훈툰' 이라는 만둣국

한다.

어쨌든, 훈툰은 크게 보면 두 가지 특색이 있는데, 하나는 만두 자체에 있고, 그 다른 하나는 국물에 있다. 만두는 엄지손가락 한 마디보다도 작고 그 피[껍데기]는 아주 얇아 그 속이 다 비칠 정도이고, 그래서 혀에 닿는 감촉이 너무 부드러워 씹지 않고도 목구멍 속으로 곧잘 넘어갈 정도이다. 그래서 국물 속으로 가라앉아 있는 만두는 꼭 올챙이나 지느러미가 상대적으로 큰, 아주 작은 물고기를 연상시킨다.

만두속은 중국인들이 좋아하는 돼지고기에 야채 파 생강 등을 다진 것을 사용하고, 그 모양새나 크기도 지역마다 조금씩 다르다. 원래는 중국 북방지역에서 유래되었다 하나 지금은 전역으로 퍼져 있는 상태이고, 그 모양새나 재료 등도 조금씩 변해 있는 것 같다는 생각이 든다.

국물은 얼핏 보면 맹물 같아 보이나 그 안에는 약간의 참기름이 떠 있고, 우리의 새우젓 같은 아주 작은 새우들이 들어있으며, 파래나 김 등의 해조류가 약간 들어가 있다. 그래서 국물은 뜨겁지만 그 맛이 개운하다. 대개 식당에서는 아주 작은 그릇에 떠주는데 마지막으로 잘게 썰어놓은 향채를 조금 올려준다.

말이 나왔으니 말이지, 중국인들이 음식의 색깔과 모양새와 향기를 위해서 즐겨 사용하는 향채가 우리 입맛에는 맞지 않아 대체로 한국 사람들은 그것을 싫어한다. 그런데 재미있는 현상은, 사람의 입이 간사해서인지 무더운 여름날에 땀을 흘리며 여행을 오래 하다 보면 그 향채에서 풍기는 향이 자연스럽게 있어야겠다는 생각이 들기도 한다는 사실이다. 그러니까, 먹다보면 나중에는 그 향이 그리워진다는 뜻이다.

잘 알다시피, 음식의 간을 맞추기 위해서 소금을 넣느냐 아니면 간장을 넣느냐에 따라 그 맛이 달라지듯이, 간장 중에서도 애간장을 넣느냐 조선간장을 넣느냐에 따라서 그 맛깔이 확 달라진다. 그렇듯, 간장 대신에 새우젓을 넣으면 그 맛깔이 또 달라진다. 이처럼 음식 재료에 따라 같은 짠맛을 내기 위해서도 그 조미료가 달라야하듯이 그저 흔한 만둣국 같은 중국의 훈툰이 재료와 조미료 배합이 잘 맞아서인지 낯선 내 입안에서 제법 깊은 맛을 낸다.

나는 칭다오[靑島]와 뤄양[洛陽]과 덩펑[登封] 등에서 그리고 위구르 자치주 내 도시들인 우루무치[烏魯木齊]와 카스[喀什]에서도 이 훈툰을 먹었는데 역시 뤄양과 덩펑에서의 것이 아주 맛있었다. 평소에 아침식사를 거의 하지 않는 나로서는 배낭을 메고 하루 종일 어딘가로 쏘다닐 때에 이 훈툰 한 그릇이 속을 꽤나 든든하게 해주었던 기억이 추억으로 남아있다.

가끔 생각나는 투루판의 차오멘

중국 여행 중에 맛있게 먹었던 음식이 적지 않지만 그 가운데 하나가 '炒面:차오멘'이다. 우리말로 읽으면 볶을 초(炒)에 밀가루 면(麵=面)으로 '초면'이다. 현지인들은 이를 '차오멘(chǎo miàn)'이라 부르는데 굳이 그 의미를 우리말로 바꾼다면 '볶음면'인 셈이다.

이 볶음면은 지방마다 조금씩 다르게 만드는데, 대개 밀가루 국수와 약간의 고기와 야채가 주재료인 간단한 음식임에는 틀림없다. 그런데 국수가 다르고, 고기가 다르며, 야채가 또한 다르다. 뿐만 아니라, 가장 중요한 입맛을 돋우는 양념까지도 다 다르다.

국수는, 기계로 뽑은 가는 것을 사용하느냐, 손으로 뽑은 굵은 것을 사용하느냐가 제일 중요한 것 같고, 면발은 당연히 부드러우면서도 쫀득쫀득한 맛을 내야 할 것이다. 그러기 위해서는 가는 것보다는 굵은 것이 좋으며, 막 삶아낸 국수를 찬물에 담가 식힌 다음 물기를 쏙 빼야 한다. 정성과 기술이랄 것도 없지만 이 과정도 중요하다 아니 말할 수 없다.

고기는, 소고기를 기계로 가늘게 자른 '육사(肉絲)'를 사용하느냐 칼로써 적당한 크기로 자른 양고기를 사용하느냐가 대단히 중요하다. 그에 따라 들어가는 야채나 양념이 모두 달라지기 때문이다. 설령, 같은 고기를 사용한다하더라도 칼로써 직접 썰어 넣은 것이 더 맛있다. 마치, 우리의 식당에서 먹는 김치찌개에 이미 기계로 잘라진 넓적한 삼겹살을 넣는 것과 손가락 굵기로 목살을 잘라 넣는 것과의 차이로 보면 틀리지 않는다. 더 쉽게 말해서, 김장김치를 가로로 자르느냐 세로로 자르느냐에 따라 그 맛이 다르고, 칼로 자르느냐 손으로 찢느냐에 따라 그 맛깔이 달라지는 것과 같은 이치로 보면 크게 틀리지 않는다.

야채도 무엇을 넣느냐가 대단히 중요한데, 소고기를 사용하면 작은 배추 같은 소유채(小油菜)와 파[葱] 등을 넣어야 하지만 양고기를 사용하면 피망과 방울토마토, 당근 등을 잘게 썰어 넣어야 한다. 여기에 버섯이 조금 들어가면 금상첨화라고 생각한다. 나는 개인적으로 양고기를 넣은 볶음면이 소고기를 넣은 것보다 훨씬 맛있었다고 느꼈었다. 만약, 소고기를 좋아하는 사람이라면 중국의 동쪽지방에서 먹고, 양고기를 좋아하는 사람이라면 서북쪽으로 가서 먹으면 될 것이다.

조미료는, 우리의 불고기 양념처럼 만들어진 간장[老抽] 소스를 쓰기도 하지만, 소고기를 넣는다면 간장에 파가 빠져서는 안 될 것이고, 양고기를 사용한다면 소금에 마늘 생강이나 향신료가 들어가야 할 것이다. 문제는 고기와 야채를 넣고 강력한 불로써 짧은 시간에 볶아야 하는데 이때 사용하는 기름의 종류와 볶는 기술이 또한 중요하다 할 것이다. 물론, 볶는 기술이야 요리사라면 크게 다를 바 없겠지만 기름은 우리가 식용유를 어느 것으로 사용하느냐를 따지듯이 중요한데 일반적으로 동·식물 기름을 사용한다 한다.

나는 투루판에서 고창고성(高昌古城)을 구경하고 다른 곳으로 이동 중에 먹었던, 우리의 면소재지 정도나 되어 보이는 길거리 식당에서 먹었던 차오멘이 가장 맛있었다고 기억에 남아있는데, 지금도 가끔 그 생각이 나곤 한다. 당시에 젊은 경찰들이 유니폼을 입고 단체로 와서 시끌벅적하게 식당 실내 좌석을 다 차지했었고, 나와 운전수와 일행 한 사람은 야외 테이블에 앉았었는데 우리 옆에서 남녀 두 요리사가 요리를 하고 있었기 때문에 무더위 갈증에 차(茶)를 물처럼 마시면서 대충 어깨 너머로 요리과정을 지켜볼 수가 있었다.

밀가루 반죽을 가지고 우리의 손자장면을 만들 듯이 자장면 국수보다는 약간 굵게 아, 우동 같은 면발을 콧수염을 기른 남자가 뽑아 놓으면 두건을 쓴 여자가 그것을 물이 펄펄 끓는 솥에 넣어 익힌 다음 꺼내어 찬물 속에 넣었다가 식히고 나서 다시 맑은 물을 한두 번 부어 헹구어낸다. 그리고 물이 빠지면 그것을 여러 그릇에 나누어 담아 한쪽 테이블 위로 진열해 놓는다. 물론, 그러는 사이 남자는 양고기를 적절하게 잘라 옴팡진 팬에 먼저 넣고, 몸을 옆으로 틀어 도마 위로 놓인 몇 가지의 야채를 묵직한 칼로써 아주 빠른 손놀림으로 잘게 자른 다음 그것들을 함께 집어넣고는 무슨 기름과 액체를 붓고 거친 불길에 팬을 흔들어대며 볶기 시작한다. 순식간에 지글거리는 소리로 요란하다. 무언가 조미료와 향신료 등을 추가로 넣고 뿌리는지 작은 통을 거꾸로 들고 손바닥으로 툭툭 치기도 하는 것이 이것저것 양념들을 넣는 것 같았다. 그렇게 해서 고기와 야채가 익었다 싶으면 국수가 담긴 그릇에 적절히 나누어 부으면 끝이다.

여인은 볶음면이 들어있는 그릇들을 들고 손님 앞에 차례로 갖다 놓는다. 그릇 밑에는 시원한 국수가 놓여있고 그 위로 막 볶은 야채와 고기가 섞인 소스가 듬뿍 올려져 있다. 우리는 그 냄새를 맡으며 젓가락으로 잘 저어 비빈 다음 먹기 시작했는데 국물은 거의 없지만 면발이 쫄깃쫄깃하면서도 촉촉하고 아주 부드러웠다. 방울토마토와 피망도 잘게 썰려 있었고, 양고기도 제법 들어있어 씹는 맛도 즐거웠다. 무슨 향신료 냄새도 미미하게 지각되긴 했지만 나쁘지는 않았다. 이 맛을 캐나다나 이탈리아에서 먹었던 '스파게티'와 비교한다면 어떨까 생각해 보았는데 그것은 말이 되지 않는 것 같다. 국수와 고기가 들어있다는 점에서는 비슷하지만 그와는 전혀 다른 맛이기 때문이다.

무더위에 지치고 시장기가 돌았던 탓인지 어찌나 맛있었던지 허겁지겁 순식간에 다 먹어 치워버렸고, 솔직히 한 그릇 더 먹고 싶었지만 그 요리과정이나 손님이 많아서 분주한 요리사의 입장을 생각하면, 최소한 서너 그릇은 주문해야 신바람이 날 것 같다는 생각이 들어서 그만 다음을 기약하고 일어섰다. 그 당시에는 집에 가서 직접 만들어 먹어보겠다는 생각과 자신감이 넘쳤으나 막상 일상에 돌아와 보니 엄두가 나질 않는다.

그러나 아직도 시험 삼아 한번쯤 요리해보고 싶은 마음만은 여전하다. 문제는 고기와 야채를 넣고 볶을 때에 넣는 약간의 소스와 향신료인데, 내 식으로 요리를 한다면 다시마를 우려낸 국물 조금과 다진 마늘과 생강 조금, 그리고 약간의 소금과 잘게 썰은 고추와 버섯 등의 조미료를 쓰고 싶고, 방울토마토 · 오이 · 당근 · 피망 등의 야채를 부족하지 않게 넣고 싶다. 물론, 여기에 마지막으로 양고기 냄새를 덜어주고 맛을 돋우어주는 향신료 가루를 살짝 뿌리긴 뿌려야 하는데 그것이 마땅치가 않다. 우리가 즐겨 쓰는 후추는 너무 식상하다. 허브도 싫다. 고수풀은 더욱 싫다. 볶음면 한 그릇 제대로 먹겠다고 당장 인도로 가서 향신료를 사올 수도 없고 상상하는 것만으로도 군침이 돈다.

위 두 장의 사진은 내가 먹었던 그 투루판의 차오몐은 아니다. 사진이라도 한 장 찍어 놓았어야 하는데 그러지 못했던 것이 아쉽다. 위 사진들은 중국 바이두 백과사전에 올려진 것들 가운데에서 가장 흡사하게 보여 차용하였다. 사진 속의 면발은 겉보기에 부드럽고 가는 것으로 보아 기계로 뽑은 것 같고, 고기도 길게 자른 것이 내가 먹은 면과는 사뭇 다르다. 붉은 색과 그린 색의 야채가 썰려 있고 전체적으로 식욕을 느끼게 하는 붉은 색을 띤다는 점이 비슷하다.

하늘에서는 용의 고기 땅에서는 당나귀고기가 최고라네요

내가 '막고굴(莫高窟)'과 '명사산(鳴砂山)'으로 유명한 관광도시 둔황[敦煌]에 며칠 묵으면서 주변의 이곳저곳을 여행할 때에 숙소에서 가까운 먹자거리에 규격화된 듯한 한 식당으로 들어갔었는데, 그 식당 한쪽 벽에 '天上龙肉(천상용육), 地上驴肉(지상려육)'이라는 놀라운 글귀가 씌어 있는 홍보용 전단지가 붙어 있었다. '저게 무슨 말인가?'하고 자세히 보니, '하늘에서는 용의 고기, 땅에서는 당나귀 고기'라는 뜻인데, 이 말을 굳이 풀자면, 하늘나라에서는 누가 사는지 모르지만 용(龍)의 고기가 최고이고, 인간이 사는 땅에서는 당나귀[驢] 고기가 최고로 맛있다는 뜻일 것이다.

당나귀 고기요리

그렇다면, 이 집에서는 당나귀 고기라도 판다는 뜻일까? 순간, 나는 눈

이 번쩍 뜨였다. '이곳 사람들은 당나귀 고기를 다 즐겨 먹는가? 하긴, 말고기도 먹고 악어고기도 먹고 호랑이 원숭이고기도 마다하지 않고 먹는 사람들이니까 당연히 먹겠지….' 라는 생각이 들긴 들었다. 그러나 아무리 그래도 그렇지. 용의 고기에 당나귀 고기라…, 용이야 어차피 없는 것이니까 그렇다 치고, 당나귀라 하면 말[馬]보다는 형편없이 작고 초라한, 네발 달린 온순한 짐승으로 사람들이 그 등짝에 짐을 싣거나 어린 아이나 노인들이 타고 다니는 동물로 터키 아프가니스탄 파키스탄 인도 이집트 중국 서부지역 등 여러 나라의 시골마을에서, 그것도 주로 헐벗은 사막지역에서 보았는데, 그 슬픈 당나귀 고기를 사람들이 먹는다?….

알고 보니, 이곳 식당들에서는 실제로 나귀고기를 팔고 있었다. 중국 서쪽 지역을 여행하면서 바비큐 낙타고기 파는 것을 보았지만 당나귀 고기를 판다는 것은 이곳에서 처음 알았다. 그 맛은 과연 어떨까 하는 호기심도 생기기는 했지만 한 번도 본 적도 없고 입에 대어보지도 못한 것인지라 조금 망설여지는 것도 사실이었다. 더욱이 이 작은, 손님이 없는 식당의 어두침침한 주방에서 나올 고기를 생각하니 썩 내키지도 않았던 것이 사실이다. 그래서 나는 마음속으로만 이곳 둔황을 떠나기 전에 꼭 한 번 당나귀고기를 먹어봐야겠다는 생각을 했었고, 실제로 깔끔하게 정리 정돈된 시내 재래시장 안으로 들어가 여러 음식점들의 간판을 주의 깊게 살펴보기도 했었다.

나중에 안 사실이지만, 중국의 일부 지역[鲁西 · 鲁东南 · 皖北 · 皖西 · 豫西北 · 晋东南 · 晋西北 · 陕北 · 河北 일대]에서는 이 나귀 고기가 놀랍게도 전통적인 향토식품이라는 것이다. 나귀고기를 가지고 여러 가지 요리를 하는 모양인데, 나는 전문가가 아니기 때문에 잘 모르겠지만,

그저 육안으로 보기에는 단순히 삶아서 편육처럼 양념장을 찍어 먹기도 하고, 온갖 야채와 양념을 넣고 버무려서 먹기도 하고, 만두 속이나 빵 속에 구운 고기를 넣어 먹기도 하는 것 같았다. 자료에 의하면, 우리 인체에 필요한 영양소들도 풍부하고 그 영양가도 높다고 하는데, 내가 정작 말하고 싶은 것은 그 고기맛도 아니고, 그 요리법도 아니며, 오로지 나귀 고기를 파는 중국인들의 과장된, 익살스런 화법(話法)에 있다.

아니, 자기들이 '천상(天上)'이 어디라고 가보기라도 한 것처럼 아주 능청스럽게 '천상에서는 용의 고기'라고 단정을 짓는 것이 웃기면서도 재미있지 않는가. 뿐만 아니라, 내가 보지 못한 용(龍)을 보기라도 했으며, 그 용 한 마리라도 잡아서 먹어보기라도 한 것처럼, 그야말로 시치미를 뚝 떼고서 천상에서는 용의 고기가 최고 인기이고, 인간세상에서는 당나귀 고기가 최고라고 말하는, 이곳에 사는 중국인 특유의 화법이 참으로 재미있다.

이처럼 '과장' 내지는 '허풍'에 관한한 - 물론, 이 과장과 허풍도 상상력 없이는 안 되는 것이지만 - 중국인을 따라갈 족속이 없어 보인다. 말이 나왔으니 말이지, 과장과 허풍이야말로 문학에서 절대적으로 필요한 양념이 아니던가. 그들이 즐겨 쓰는 문학적인 양념 곧 수사(修辭)가 우리의 입맛을 얼마나 다시게 했으며, 또 얼마나 밤잠을 설치게 했던가. 그동안 우리가 읽어왔던 숱한 중국의 고전(古典)들이 얼마이며, 무협지들이 또한 얼마이었던가. 물론, 지금은 다 한물갔지만 말이다.

과거 어린 시절에 라디오방송극으로 삼장법사와 손오공 저팔계 등이 나오는 연속극을 들으려고 저녁시간을 기다리고, 조금씩 철이

들면서는 삼국지를 밤새워 읽고, 고등학교 시절에는 이백 두보 도연명 소동파 왕유 굴원 등등 얼마나 많은 시인 문사들의 작품을 읽었던가. 뿐만 아니라, 성인이 되어서도 사서오경을 비롯한 수많은 사상서를 읽어오지 않았던가. 이것은 우리뿐이 아니라 바다 건너 일본 사람들도 마찬가지였다. 그들은 우리보다 더했으면 더했지 결코 덜하지 않았다고 나는 개인적으로 판단한다.

지구촌의 고대문명 발생지답게 중국은 오늘날까지 유서 깊은 역사와 문화와 전통을 쌓아온 나라로, 볼 것이 많고 먹을 것이 풍부하며 다종다양한 문화의 층이 아주 두터운 것이 사실이다. 비록, 우리의 꽃등심과 삼겹살이 그들 식탁 위의 나귀고기를 밀어내고, 우리의 티브이와 냉장고와 에어컨 등이 그들 집집마다에 놓이고, 우리의 스마트 폰이 그들 손에 쥐어지고, 우리의 자동차가 전국 방방곡곡을 누비는 것이 금세기 '한류'이고 '신 실크로드'이어야 하겠지만, 나는 그들의 두터운 문화 집적(集積) 층(層)에서 새어나오는 익살스런 말이지만 한 줄기 시원한 물을 마시는 것만 같았다.

무더운 사막의 여름날, 작열하는 태양빛 아래에서 간혹 모래폭풍이 불어오는 이곳에서 만난 '천상에서는 용의 고기요, 지상에서는 당나귀고기라'는 이 말 한 마디가 늘 굳은 표정으로 살아온 나조차 활짝 웃게 만든다. 내심 고맙다는 생각이 들었다.

31

'수석(水席)'이라는 이름의 요리를 드셔보셨나요?

중국 고도(古都) 가운데 한 곳인 낙양에 가면은 '수석[水席: 쉐이시]'이라는, 당나라 때부터 오늘날까지 일천 년 이상을 쭉 이어져 왔다는, 아주 오래된 전통요리 하나가 있다. 이곳을 여행하거나 방문하는 사람이라면 누구나 한번쯤 그 요리를 먹고 싶어들 한다. 그 요리에는 여러 가지 재미있는 의미가 내포되어 있고, 그 원형적 특색을 유지하면서 오늘날의 '코스요리'로 변화 발전해 왔기 때문이 아닌가 싶다.

우선, 이 요리는 모두 24가지로 구성되어 있는데 원래는 탕(湯)으로 시작해서 탕으로 끝이 나는 요리였다. 그런데 오늘날에는 그것이 진화되어 탕이 아닌 죽과 밥이 나오고 육류고기와 어류고기 등이 찜 구이 튀김 등으로 다양하게 나온다.

'수석(水席)'이라는 한자말을 우리말로 굳이 바꾼다면 '물의 자리'인데, 물의 자리란 식사나 연회하는 자리에서 물이 많다는 뜻이고, 그것은 물[湯] 중심의 요리를 먹는다는 뜻으로써 자연스럽게 붙여졌을 것이라고 나는 생각한다. 자료에 의하면, 중국인들은 여러 가지 요리가 계속해서 물 흐르듯이 나온다는 뜻과 탕 중심의 요리가 주류라는 두 가지 이유에서 이 '수석'이라는 이름이 붙여졌다고 설명한다.

더욱 재미있는 것은, 이 요리가 후궁으로 시작해서 왕비가 되고 드디어 여황제가 된 무칙천(武則天)과 직접적으로 관련 있다고 꾸며진 이야기 곧 전해 내려오는 내용이다. 예컨대, 이 요리에 스물네 가지 요리가 나오는 것은 그녀가 정권을 잡은 후부터 병들어 죽기까지의 기간 24년을 뜻하며, 요리 가운데에는 큰 접시 하나에 두 가지 요리가 올려져 나오는 게 있는데 이를 두고 대자상조(帶子上朝) 곧 아들을 데리고 집무실인 대전에 오른다는 뜻으로 풀이한다는 것이다. 이밖에 이 음식과 관련된 이런저런 이야기들은 당나라 때에 유명한 점성술사였던 원천강(袁天罡)이라는 사람이 하늘의 별자리를 보고서 그녀가 황제가 될 것임을 미리 알았는데 그 사실을 발설할 수가 없어서 고민 끝에 이 수석이라는 요리를 준비했다는 것이다. 그러니까, 이

요리에 황제 무칙천의 일대기가 숨어 있다는 뜻이다.

어쨌든, 요리라고 하는 것은, 재료가 끊이지 않고 넉넉하게 공급되어야 하고, 상대적으로 쉽게 만들어질 수 있어야 하며, 그것을 먹는 사람들에게는 건강한 삶을 보장해 줄 수 있도록 필요한 영양분을 제공해 주어야 하며, 동시에 미각적 욕구와 그 음식을 먹는 자리의 분위기까지도 충족시켜 주어야 사람들이 즐겨 먹게 된다. 그래서 대개는 현지에서 부족하지 않게 생산되는 동식물 재료를 사용하는 것이 일반적이고, 또 요리의 내용에 따라서 먹는 장소가 다르게 꾸며질 뿐 아니라 그 요리에도 적절한 모양과 빛깔로써 장식되어지는 것이다.

이곳 낙양에서 비롯되었다는 이 '수석'이라는 생소한 이름의 요리도 예외는 아니라고 생각한다. 자료에 의하면, 이곳 낙양이 산으로 빙 둘러싸여 있는 분지(盆地)이어서 여름에는 무덥고 건조하며 겨울에는 몹시 춥다고 한다. 이런 기상 조건 때문에 이곳에서 살아가는 사람들은 자연스럽게 탕 중심의 요리를 만들어 먹을 수밖에 없었던 것으로 보인다.

수석의 스물네 가지 요리 속에는 각종 야채와 육류와 어류와 면류 등이 어우러지는데 무엇보다도 우리의 '국물'에 해당하는 탕(湯) 중심으로 되어 있었다는 점이 가장 두드러진 특징이다. 탕은 뜨겁게 끓인 것으로부터 차가운 것들까지 맵고 시고 짜고 달콤한 맛을 내는 것들이 두루 포함되어 있었다 한다. 물론, 오늘날에는 탕 중심의 음식이 진화되어 영양밥과 고기류와 민물어류와 해산물 등이 온갖 야채 등과 함께 다양하게 나온다.

요즈음에는 예부터 전해 내려오는 요리라기보다는 현대식으로 개

량된 요리가 나오는데, 그것들에 약간의 설명을 붙이자면 이러하다. 곧, 제일 먼저 여덟 가지 메뉴가 나오는데 이를 '전팔례(前八禮)'라 하며, 이것은 여황제 무칙천의 8대 선적(善績)으로 말해지는 복(服: 의상) · 예(禮: 예절) · 도(韜: 감정이나 의중을 숨김에 능숙함) · 욕(欲: 야망) · 예(藝: 예술적 재능) · 문(文: 글 짓는 능력) · 선(禪: 불교 심취) · 정(政: 국정 수행능력)을 각각 상징한다고 한다. 그 여덟 가지 요리란 쾌삼양(快三樣: ?) · 오류어(五柳魚: 매콤하게 찐 생선) · 어인(魚仁: 생선 살) · 계정(鷄丁: 네모난 닭고기) · 폭학포(爆鶴脯: 튀긴 육포) · 팔보반(八寶飯: 약밥) · 첨발사(甛拔絲: 맛탕) · 탕초리척(糖醋里脊: 탕수육) 등이다. 그 다음에 이어져 나오는 네 가지 요리가 있는데 이를 '사진탁(四鎭卓)'이라 한다. 이는 무칙천이 황제가 되고자 마음을 먹고 실제로 황제가 되기까지 4년이란 기간이 걸렸다는데 바로 그 4년을 뜻한다고 한다. 그 네 가지 요리는 목단연채(牧丹燕菜: 무나 계란으로 만든 제비집 모양의 장식이 올려지는 요리), 총파호두리(葱扒虎头鲤: 잉어찜), 운조부유육(云罩腐乳肉: 삭힌 두부요리), 해미승백채(海米升百彩: 새우 살과 배추를 함께 찐 요리) 등이다. 끝으로 나오는 네 가지 요리는 '사소미(四扫尾)'라 하여 어시삽화(鱼翅插花: 상어 지느러미) 금후탐해(金猴探海:원숭이) 개우쟁춘(开鱿争春: 오징어) 벽파산환(碧波伞丸: 완자요리) 등이 나온다.

여황제 무칙천은 마지막에 나오는 요리의 '丸子(환자)' 발음 '완쯔'를 '끝'이라는 뜻[完]의 '완즈'로 알아듣고 탄식하면서 자신의 생명이 곧 끝날 것임을 알아차렸다고 한다. 그래서 북송 때부터는 마지막 요리였던 완자 요리인 벽파산환(碧波伞丸)을 빼어버리고 그 대신에 '송객탕(送客湯)'이라 하여 계란탕을 내어 놓는다 한다.

이렇게 한 가지 음식을 가지고 별의별 상징적 의미를 부여하면서 즐기는 백성이 중국인들이라 할 수 있다. 물론, 그 여유가 하루아침에 생긴 것은 아니다. 오랜 기간 동안 물질적 풍요와 정신적 사유의 깊이가 녹아들어서 태동되는 것이다. 혹, 다시 낙양에 갈 기회가 생기면, 먹는 것을 많이 밝히는 사람은 아니지만 시내 최고의 수석 요릿집으로 가서 한번쯤 풀코스로 먹어보고 싶다.

세상은 살아있는 자의 것이고, 아름다움은 향유하는 자의 것이다.

–이시환의 아포리즘aphorism 14

이시환의 중국 여행기 속편

馬跳飛燕 마도비연

초판인쇄 2016년 2월 20일 **초판발행** 2016년 2월 25일

지은이 **이시환**
펴낸이 **이혜숙** 펴낸곳 **신세림출판사**
등록일 **1991년 12월 24일 제2-1298호**

04559 서울특별시 중구 창경궁로 6, 702호(충무로5가,부성빌딩)
전화 **02-2264-1972** 팩스 **02-2264-1973**
E-mail : **shinselim72@hanmail.net**

정가 **10,000원**

ISBN **978-89-5800-168-3, 03810**